《我们共同走过》丛书 柒

北京大学产业与文化研究所“2017 公益课题”

夏雨轻风

让梦想伴随心灵成长

唐 岚／著

当代中国出版社
Contemporary China Publishing House

2017 年 · 北京

图书在版编目(CIP)数据

夏雨轻风：让梦想伴随心灵成长 / 唐岚著. -- 北京：当代中国出版社，2017. 11
（我们共同走过）
ISBN 978-7-5154-0824-8

Ⅰ. ①夏… Ⅱ. ①唐… Ⅲ. ①中国文学—当代文学—作品综合集 Ⅳ. ①I217.2

中国版本图书馆 CIP 数据核字(2017)第 236190 号

出 版 人　曹宏举
责任编辑　柯琳芳　张　瑞
责任校对　康　莹
装帧设计　姚　洁
出版发行　当代中国出版社
地　　址　北京市地安门西大街旌勇里 8 号
网　　址　http://www.ddzg.net　邮箱：ddzgcbs@sina.com
邮政编码　100009
编 辑 部　(010)66572264　66572154　66572132　66572180
市 场 部　(010)66572281　66572161　66572157　83221785
印　　刷　北京润田金辉印刷有限公司
开　　本　640 毫米×960 毫米　1/16
印　　张　13 印张　1 插页　154 千字
版　　次　2017 年 11 月第 1 版
印　　次　2017 年 11 月第 1 次印刷
定　　价　35.00 元

目录

序一

一路前行，共同走过

吕静　深圳003志愿者

终于拿起手机，为唐岚的新书《夏雨轻风》写序。此刻，已近美国加州时间2017年7月19日深夜12点。

唐岚的背影，就在我的对面——酒店的写字台前。我们25日回国，北大公益讲座井冈山三阶（第18期）课程，27日将正式拉开序幕。此刻，她正忙着各项前期准备工作。

旧金山的夜，清冷沉静，柔和的灯光洒在窗前，映衬出她优美的身影。看着她专注工作的背影，听着行云流水般清脆悦耳的键盘敲击声，我感受到她对文字的喜爱和运筹帷幄的钟情，这让我心生敬意，更在心底萌生出对自己的一阵阵鞭策。我暗自给自己鼓劲：希望能像她一样，在人生成长的路上，做自己喜欢做的善事，并不断成就一个更好的自己。

志愿者都说唐岚和我是深圳的“姊妹花”，其实，她一直是我学习的榜样。2012 年 2 月 11 日，我们同一天走进北京大学公益讲座，五年多来，我俩从不认识到深交，在追求从生命到慧命的道路上，她一直用自己的做到，给予了我笃定前行的力量，让深圳慧至堂成为北大公益讲座志愿者温馨的精神家园。我们也因为这样一件共同认准的事情而心心相印，相伴同行，成为心有灵犀的好姐妹。

早在 2000 年，唐岚就只身来美国洛杉矶，求学、打工一年多，寻求个人事业的发展。而今阔别十六年之后，当她再次踏上美利坚国土，已是一名成熟、自信的文化传播者了。

7 月 13 日，唐岚和我分别从北京、深圳出发，登上了飞往美国旧金山的航班，共同见证北大公益讲座的首次“美国公益行”。这次远跨重洋举办公益活动，是我们深圳志愿者在今年年初深圳开课五周年聚会时提议的，组织工作能够如此顺利，是大家共同的美好心愿所致。对于我俩来说，这是一次非常之旅，与五年多来的任何一次都不同，因为“美国公益行”对于北大公益讲座来说，也是一个具有特殊意义而且意味深远的开始。

继日本、中国台湾、韩国公益行之后，我们一直坚信：我们将有机会来到世界第一大经济体，教育、科技、军事最强的国度，传播中华优秀的传统文化，传递光明圆融善的种子，彰显经济发展起来之后的中国正成长着一批甘愿付出、享受付出的公益人。而对于我们个人来说，“美国公益行”确实是一次难得的成长机会，所以，我们都格外珍惜。

一念一世界，一叶一菩提。经过五个月筹备，7 月 15 日，由硅谷科技华商协会邀请并承办的课程第一阶“从生命到慧命”、第二阶“光明圆融善”在硅谷成功举办，听众反应热烈。硅谷科技华商协会新老三任会长都亲临现场，从始至终听完了课程，并在结束后作了深度分享，就餐时继续探讨合作事宜。从下午1点开始，到晚上8点半才依依分手告别。三任会长共同表示希望这个课程能在美国硅谷常态化举办，这让我们倍受鼓舞。

这次“美国公益行”，我还有另一个任务。此前唐岚向我发出邀请：为她即将付梓的第二本专著《夏雨轻风》写序。这是一件让我十分开心的事情。自从2015年我为她的处女作《春潮如歌》写了《人生路上，有你真好》的序言之后，我对“思想在想的时候，是气体，说出来是液体，只有写出来才是固体”有了更深的认识：外在环境有人“逼迫”你留下文字，这实在是一件很幸运的事。这几天，我们朝夕相处，形影相随，工作、游学、观光在一起，既可以近距离读她，又可以读她的新书，感觉这个人在我面前从来没有如此立体和丰满。

唐岚是一个有思想又孜孜不倦、笔耕不辍的知识女性，我由衷地钦佩她对文字的酷爱，也为有她这样的闺蜜而自豪！“文以载道、美文传道、以文修身”是北大公益讲座提倡的“三文主义”，而唐岚不愧是一位笃定的践行者。她的新作《夏雨轻风》，则是一部记录着2015年7月至2017年7月两年中，北大公益讲座走过的不平凡历程的优美诗篇。

静下心来读着她的新书，往事并非如烟：在“第500场暨深圳

100场”的6个小时盛大纪念活动中，她运筹自如的组织，优雅流畅的主持，打动了所有人，唐妈妈为女儿的辛勤付出和成就落下了幸福的泪花……那一幕幕感人的情景和画面，从唐岚的新书中跳了出来，历历在目，回味无穷。

随后，在2016年的6月19日，我俩共同主持了丫山国际志愿者村揭牌、《道源揽胜》新书首发、诗歌音乐舞剧《慧命之歌》的首演。《夏雨轻风》正式发表了她创作的剧本，这为没有看过此剧的广大读者打开了一扇窗户，从文字上感受北大公益讲座原创的艺术作品。

因为首演的成功，紧接着我们又成功地举办了“7·29丫山艺术团鹏城首演”活动，让丫山的志愿者第一次走出大山，在“深圳惠科”创造了一个第一次。

这一次又一次共同的经历，通过唐岚的生花妙笔，刻在了《夏雨轻风》的字里行间，被她凝结成思想和情感的固体，将永远留在志愿者们的记忆之中！

在紧凑的美国行程中，留下了这篇写给唐岚新书的序，令人欣慰，相信这也是一次更好的开始。感谢唐岚用付出让我看到了甘愿的力量，感慨她能把付出变成一种高级的享受。在她的身上，再一次印证了：只有享受付出，才能持续付出，只有让自己不断成长地做公益，才能心甘情愿地走得更远。

愿有缘人能通过我的这些文字，了解唐岚的文思与文笔，了解《夏雨轻风》的诗意与情怀，了解北京大学公益讲座的初心与方向，了解我们这样一群“放下利，放下名，放下自以为是”的志愿者。

如是我愿，心满意足。是为序。

2017 年 7 月 20 日　于美国加州旧金山

序二

走向远方

韩磊　大余 001 志愿者

已不知这是今年的第几场透雨了。初晴的天空，分外清朗，远处的山峦，在云海里隐约浮现，房檐的水珠，争先恐后叮咚叮咚滴落在石板地上，溅起一捧捧碎玉。我站在怀云茶亭，再次惊叹大自然的泼墨挥毫，绘出这幅绝美的山水画。虽然无数次欣赏过雨后的丫山，却每一次都无比感动。合上唐岚的《春潮如歌》，轻风徐来，捎来了淡淡的青草香，给本来炎热的夏天，带来了无限的清凉。

是的，几天前，梓林老师和唐岚学长邀请我为唐岚的新书——《我们共同走过》丛书之七《夏雨轻风》写一篇序。这让我感到荣幸而惭愧。《夏雨轻风》是继《春潮如歌》后，唐岚学长继续记录北大公益讲座前行足迹、见证自己走在回归慧命路上的又一新作，而我的文字可以作为序言忝列其中，深感荣幸；而惭愧的是，唐岚写的第一本《春潮如歌》我都还没有全部读完，而作者竟如此信任我，请我为她的第二本书作序。因此，这两天我一边在电脑上品读《夏雨轻风》，一边不时拿起《春潮如歌》，对照着阅读。在这个美丽的夏天，看到她的第二本书即将付梓，真是让我敬佩有加。

一直以来，唐岚学长就像一面镜子，让我看到了自己的不足。我虽毕业于江西财经大学新闻传媒专业，平时也会写些短文、诗词，却难以坚持。大学毕业十多年来，都没有留下自己的专著，相比之下，实在惭愧。但我想，最美好的路就在脚下，我现在用心写好这篇序言，以此答谢唐岚学长几年来对我的教导、引领和帮助，并以一名志愿者的身份为读者品赏此书给一些抛砖引玉的启示，或许可以提供一个新的角度。

2013年3月19日，北大公益讲座第一次走进江西赣州，在大余文化中心举办了第149—150场讲座，那次我初识唐岚学长。在课程中，灵秀优雅的她，娴熟自如的主持，情深意切的朗诵，即刻给我留下了深深的印象。

得知她当时已经跟随了80多场，我就疑惑，这样一门一听就懂的课程，怎么需要跟随80多场？课程结束的当晚，“大余慧至堂”正式成立，而我竟然被梓林老师指定为大余001志愿者。从此也就和北大公益讲座，和唐岚有了越来越多交流分享的机会。

在我的印象里，她一头利落的短发，不论春夏秋冬，总是穿着讲座的志愿者服或文化衫；她的记忆力过人，能脱稿朗诵讲座的所有原创诗歌，熟悉讲座的各个环节，几乎记得所有志愿者的名字。当我越来越深入讲座，经历了无数个发生后，我渐渐地熟悉了这位果然很“牛”的学长。

她笃定：迄今为止，她是跟随场次最多的学长，尽管听了超过650场讲座，却初心依然，一直保持着旺盛的热情。

她谦和：鼓励并陪伴我开讲一阶课程，甘当绿叶作陪衬，创造环境为他人。每当我讲完一次课程，课后她都会对课程中的得失，逐一点评，提出修正的意见和建议。

她感性：每一次朗诵北大公益讲座的原创诗歌，由于她的全身心投入，感动了无数的听众；而在生活中，她也常常被志愿者的分享所打动，甚至会因看到一朵梅花的开放而欣喜若狂。

她慈悲：手把手教过各地慧至堂的秘书长，并编辑整理北大公益讲座平台和志愿者的分享文章。对于我的文章，她常常也是不厌其烦地“装修”到深夜。

她洒脱：一颗自由的灵魂享受着生命的祝福。可以提起箱子说走就走，这是多少人梦寐以求的生活啊，我真是羡慕她的生命已经进入这样的状态。

而我，也在不断跟随课程、不断承担分享会主持、组织志愿者活动的过程中，渐渐解开了当初的疑惑，原来正如唐岚所说：北大公益讲座，在课堂上听到的只有2%，其余的98%都是未知，只有在不断的跟随中，不断地去做到之后，靠自己去悟，才能发现那无尽的宝藏。

这些年，她行遍天下，又笔耕不辍，用文字记录了北大公益讲座走过的这一段段不可重复又无法复制的旅程，我们可以透过她的笔，重温那些不一般的发生，让那些生命中最美好的品质，再次照亮我们的心房。

《夏雨轻风》下篇的第一篇，是唐岚学长在“北大公益讲座第500场暨深圳第100场”活动的主持语实录。2015年10月13日，我与来自国内外的300多位志愿者齐聚深圳富临大酒店，共同见证那难忘的一天。那场活动历时6小时，唐岚学长全程组织并担任了主持人，将24位资深志愿者的现场演讲黏合得天衣无缝，我第一次领略了她缜密严谨的组织能力，以及机智精湛的主持人内功。我知道，这与她对各位演讲嘉宾的充分了解以及对北大公益讲座理念的深刻理解是分不开的，否则很难做到临场淋漓尽致的自由发挥，游刃有余的从容应对。

2016年4月11日，丫山三阶（13期）课程结束之后，讲师团又去赣州监狱连开了七场公益讲座。结束后，我特地邀请梓林老师回丫山作短暂休息，并与唐向阳董事长一起讨论丫山国际志愿者村下一步的发展思路。当晚，我们做出了两个决定：在花海设立“丫山国际志愿者村石”和“的啦桥”头的“的啦石”；同时决定2016年6月19日，举办三位一体的活动：为丫山国际志愿者村揭牌、《我们共同走过》丛书之五《道源揽胜》新书发布、第600场讲座暨原创诗歌音乐舞剧《慧命之歌》的首演。就在那天晚上，梓林学长提出由唐岚学长担任编剧，将北大公益讲座的原创诗歌串起来，由我出任导演，排出一台90分钟的剧目。我俩就这样初生牛犊一般欣然受命。

我们在《夏雨轻风》下篇看到的《慧命之歌》剧本，就是在随后的两个月内诞生的。现在，《慧命之歌》已经公演了12场，尤其是2017年6月13日，我们丫山艺术团的志愿者走进江西话剧团剧院，将这台阳春白雪的诗歌音乐舞剧献给了省城的观众。

《慧命之歌》的成功，让更多的人领略了唐岚的才华。透过她的剧本，我更深入地洞悉了北大公益讲座追求的目标。当我们能够把心中的爱，通过受众喜闻乐见的方式传递出去，那种心满意足是无以言表的。这也成了我导演这部诗歌音乐舞剧的灵感源泉。

透过唐岚女性特有的轻灵优美、朴实温暖的文字，读者仿佛身临其境，感受到北大公益讲座宛若轻风、飘逸清凉的润物无声。

虽然唐岚学长的学历并不高，却已经有了两本自己的专著。这件事再次证明，创作真的和学历没有关系，也向我们揭示了一个写作的秘诀：真实记录生活，坦诚地表达自己，这样的作品才有力量。而这一切的背后，彰显的是她五年多来乐此不疲的跟随和持之以恒的笔耕。

裴多菲曾说："生命诚可贵，爱情价更高。若为自由故，两者皆可抛。"现实中，我们都有太多的束缚，而要做一个挣脱羁绊的人，并不容易。当然，挣脱，不是逃离现实，而是让自己提升到更高维度，从而得到精神的独立和思想的自由。每每看到唐岚可以自由地往来各地，组织公益活动，我都心生羡慕。而最让人震撼的，当属2016年8月22日，她卖掉了深圳升值中的住房，告别繁华的鹏城，毅然决然迁居丫山，正式成为丫山第一位外来山民，永远地和我们丫山人生活在一起，为这片大山，为天下的众生，无怨无悔地去付出。

正是那天，我们用特制的“北大公益讲座”蛋糕为她接风，她说，“这是回家。”是的，从此我们成了她的家人，而她也向我们展示了一个自由的生命，一颗高尚的灵魂。

不久，她在丫山的房子——岚苑——就会在那片摇曳的竹海中落成，会和她的主人一起，永远写进丫山的编年史。闭上眼睛，我甚至都可以想象得出，百年之后，那栋建筑将成为“北大公益讲座博物馆”，会有一批又一批的蓝色志愿者，来到这里，通过墙上的照片和观看《岚苑晨曲》视频，感受我们今天为历史留下的痕迹。

还记得去年6月讲师培训结束，我和梓林学长漫步在竹海，谈到千年的苍松，万年的巨石，它们都不敢说这座大山是它的，而我们这些人，仅有百年之寿，又怎敢说丫山是我们的呢？树和石听到了会笑话我们的。

我们每一个生命都只是拥有这一次经历的机会而已，老天让我们这群人，在这个时空中，面对丫山这个舞台，有一次相交相聚的机会，共同学习，共同成长，共同成就，这是老天多大的慈悲啊！

讲师培训结束后的那天下午，我们从道源书院回到章源宾馆，梓林学长从微信中偶尔听到一首音乐《森林赞歌》，说有灵感了，于是当即回到房间，创作《岚苑晨曲》，我和唐岚则先行去我的办公室等他的好消息。半个小时之后，梓林学长来到我的办公室，用手机播放音乐，他拿着原始手稿，深情地朗诵了一遍。听着听着，我和唐岚都感动得流下了眼泪。这首散文诗，其实是写给我们所有志愿者的，是写给未来的志愿者的。在诗和曲的意境中，唐岚已然融入了这座大山。

一个月后，我和唐岚专门去未来要建岚苑的地方，在那条栈道上拍摄《岚苑晨曲》MV中对应的画面："何曾想过，奔波于城市的车水马龙之后，我会驻足山间，尽情享受这般寂静与安宁，让自己真正拥有自己。"作为导演我的创意是：一袭白衫的唐岚，缓缓走过竹林间的栈道，渐渐融入大山……

那天太阳高照，为了追求效果，她穿着长袖的白衫，我们整整拍了三个小时，直到两个人都几乎中暑，才拍到满意的画面，用到了《岚苑晨曲》MV中。那一次，我被唐岚的认真折服了。每每想起那个画面，我都更加确信，生命不应只有脚下，还要有远方，但必须脚踏实地，才能一步一步走向慧命的远方。唐岚，你做到了！

梓林学长多次跟我们说：书是文人之剑。现在，唐岚将有两把"佩剑"了，未来，她将仗剑走天涯，慈悲行天下！

期待《夏雨轻风》早日与读者见面！

2017年7月12日　于丫山国际志愿者村

序三

恪守独立　摇曳自由

郭梓林　北京 001 志愿者

作家格拉德威尔在《异数》一书中指出："人们眼中的天才之所以卓越非凡，并非天资超人一等，而是付出了持续不断的努力。一万小时的锤炼，是任何人从平凡变成世界级大师的必要条件。"他将此称为"一万小时定律"。要成为某个领域的专家，需要一万小时（这只是必要条件，不是充分条件），简单计算：如果每天工作八个小时，一周工作五天，那么成为一个领域的专家至少需要五年。这就是"一万小时定律"。

问题是：什么事情，可以让人们心甘情愿地做五年，不会导致边际效用递减，不会产生审美疲劳，不会因每天重复做一件事而心生厌倦，而且还会出现边际效用递增，产生持续的动力，甚至越来越有力量？

我想，这样的事情需要满足三个条件：一、有无限的创意空间，能最大限度地发挥人的想象力和创造力，从而让人在做这件事的过程中，不断得到成长。二、自己的付出对他人有所帮助，受到人们广泛肯定和支持，能从社会成就感中获得愉悦。三、能产生磁性般的引力，促使人们从技术走向艺术；从精心设计走向随意发挥；从简单重复走向多元创造。

迄今为止，北京大学公益讲座已经走过六年多，开讲近750场，我们之所以还在快乐地继续前行，或许是因为这项公益满足了以上三个条件。

2011年的2月14日，我们在北京紫玉山庄的一幢私人别墅里，举办了第一阶课程“从生命到慧命”的第一期，这也是北大公益讲座的第一场。从此，开启了当初我们只知道大概方向，却并不知道会做成怎样的一件事情。

2017年2月14日，是北京大学公益讲座开讲六周年的日子，我从丫山经韶关到达鹏城，与深圳的新老“三剑客”相约，一起度过了一个不一般的“情人节”，而2月11日，是深圳开课五周年。

深圳003志愿者吕静在席间提到了一件往事：当初，她的先生——惠科电子的董事长——曾对她说：你们能坚持做五年，我就钦佩你们。现在，她与深圳的志愿者一道，已经持续跟随北大公益讲座超过五年。

深圳010志愿者唐岚，与吕静一样，也是在2012年2月11日听完课之后，成了深圳最早的志愿者，并出任了深圳慧至堂的秘书长。五年多来，她一路跟随，共参加了650多场讲座，足迹遍及包括台湾在内的中国 50 多个城市和地区，还跟随讲座去了日本和美国旧金山。五年前，她还是一个拿话筒都会发抖的小白领；五年来，她将自己 90% 的时间用于北大公益讲座，仅用 10% 的时间从事她的保险职业；五年后，她已经成为北大公益讲座的一名优秀的主讲讲师和主持人。2015 年，当代中国出版社出版了她的处女作《春潮如歌》，现在又要出版她的第二本专著《夏雨轻风》——像炎炎夏日的雨后轻风，给时而被雾霾围城、时而被功利逼迫、时而被烈日炙烤的朋友们，带来了另一番的惬意凉爽与清新淡雅。

真正的公益人是天生的。这里说的“天生”更多是指“天命”，指的是他自感于宿命的安排中实在非要做这件事情不可，什么也拦他不住。于是，一路做下去，逢山开路，遇水架桥，高人指点，善人相伴，小人监督，贵人相助，最后成为他想要成为的那种人。

我知道，会有人不大同意这种说法，认为：“一个人不是天生就懂得利他的。如果天生就利他的话，那叫作牺牲自己。这种人会活不下去，会被牺牲掉，或者说存活的概率几乎为零。”可是，真正有公益心的人，并不是笨人啊，他知道公益要持续下去，自己绝不能被牺牲掉！于是，他们慢慢开始悟道：原来是自己好，也要让人家好；在让人家好的过程中，自己要越来越好！在付出的过程中，不仅仅是一次次“双赢”，而且是递增性的相互成长，彼此成就。这个“付出递增公式”的代数表达是：A-B>A（A 代表一个人资源禀赋及生命价值的总和，B 代表对别人有帮助的付出）。志愿者在经历了这样一个“付出递增”过程之后，自己会变得更强大，这就是北大公益讲座试图揭示的人生真谛。

我想起在热力学中有一个著名的理论叫熵增理论，讲的大概也是这个原理。熵增理论通俗来说：在汽缸发动机的运行过程中，热量对温度的比值始终是上升的，理论上不可能下降。也就是说，能量从其他形式转化为热量的过程，是不可逆的。公式是：$dS=dQ/T\geq 0$（S代表熵，Q代表热量，T代表温度）。

当然，我们的“付出递增公式”，还需要在进一步的实践中去不断证明。但我们不妨从理论上反证：如果我们相信社会的道德体系不会整体堕落和坍塌，并最终导致人类走回丛林的话，善良应该成为“熵增”。

本书的作者，用自己的做到，至少从个案上证明了“A-B>A”公式是成立的。当然她绝不是个案，在北京、深圳、济南、丫山、芹洋……已经有一批批志愿者正在自己和家人的改变与成长中，逐渐印证了这个公式是真实不虚的。

在这批志愿者的身上，有一个共同的特点是：憨不可及。他们对北大公益讲座的事极度投入，认真甚至有点死心眼儿，有韧性，持之以恒，精益求精，乐此不疲。而且他们的学历都不高，唐岚就只是高中毕业。

他们都具备率真的品德，不说假话，直抒胸臆。因为北大公益讲座是“无组织、无纪律、无收入”的，而且没有老师，彼此互称为学长（“共同学习共同成长”的简称）。大家踏上公益这条路，只是忠实于自己的感觉，成为志愿者，是甘愿，进而是享受。所以，他们专注认真做每一件事，讲求实效，不烦恼，不放弃，不敷衍。哪怕发现文章有一个错别字，甚至标点符号不妥，也要揪出来，做到“尽善、尽美、尽心”。

从唐岚等一批志愿者的身上，我看到了人的成长，实际上不是知识，而是他真正领悟了时间应该用在什么样的事情上，而且也深知时间不用，也存不住，很快就会过去。所以，做公益至少不是在浪费时间。

尽管在大家看来，唐岚是一个特立独行的人，但要坚持做这样一件没有收益，也不会出名的事，应该还是有压力和困难的。尤其是她在2016年深圳房价一路高歌的时候，毅然决然卖掉了在鹏城的房产，迁居丫山国际志愿者村，投资建一栋未来捐出来做“北京大学公益讲座博物馆”的“岚苑”，真是让身边的许多人百思不得其解，纷纷好言相劝：要有自己的资产。而她却说：我的主要资产都在我的脑子里。

我们都知道：在任何社会，一个人能够做到“不从众”，恪守独立人格，坚定个人的价值观，是一件非常难的事。我曾经对她说：等岚苑建好了，在周边的竹林里，立一块石头，上面刻上“恪守独立，摇曳自由”。她说：“我的确非常喜欢竹子的这种品格。苏东坡在《于潜僧绿筠轩》中写道：‘宁可食无肉，不可居无竹。无肉令人瘦，无竹令人俗。人瘦尚可肥，士俗不可医。’”可见她去丫山不是一时的冲动。

《夏雨轻风》延续《春潮如歌》，记述了北大公益讲座2015年

7月至2017年7月所走过的道路，以及作者这一路上的观察思考和感悟，其清新、自然、淡雅、朴实的文字，展示了一群志愿者坚持“文以载道、美文传道、以文修身”的精神风貌。书中，虽然没有惊天动地的事迹，却像涓涓细流，让人们感受到有源之水的执着与坚定；虽然没有展示社会大潮的波涛汹涌，却能感受到在世态急剧变迁的现实生活中，人们为寻找自我救赎所作出的种种努力；虽然没有深刻的理论和高屋建瓴、醍醐灌顶的宏论，却不乏对平民人生的悲悯之心和一听就懂的家常话。

在这个炎热的夏季，我们将第一次赴美开讲第735场，去那个号称最自由的国度分享“恪守独立，摇曳自由”，传递“光明圆融善”，的确是件令人欣慰的事情。出行前，为《夏雨轻风》写下这篇序，迎接新的开始，算是献给2017年夏天的礼物和祝福！

是为序。

2017年7月9日一稿

8月5日二稿

于北京望京诚盈中心北京慧至堂

上篇

夏雨轻风

2015 年 8 月 7 日
深圳

清迈，
一座有故事，
并不断创造故事的小城。

小城故事

——清迈义工行

数月前，收到一位好朋友发来的微信：第五届世界青年佛学研讨会将于 2015 年 8 月初在泰国清迈召开，现正招募义工。我被推荐负责礼仪组的组织工作。查看自己的日志，刚完成了北京大学公益讲座泰山三阶（11 期）课程，暂无其他安排，便欣然接受了这份邀请。

其实，最吸引我的是本次研讨会的主题：终极关怀。这个被含蓄内敛的中国人长期忽视、逃避的话题，近年来已经日益受到关注和重视。当每一个生命了悟必须经历人生的终点，却不知该如何面对时，当生者不知如何看待往者的离去时，“终极关怀”受到重视是自然而然的。

接到邀请之后，我把自己7月在北京录制的北大公益讲座原创诗歌《去去就来》的录音，通过微信，发给了大会负责人，希望在颁奖晚会上有机会与到会的全球代表分享，有幸得到了批准。

清迈位于泰国北部，是该国的第二大城市，兰纳王朝时期的首都。这样一个古朴的小城，以其群山环抱，景色旖旎的特色，成为东南亚著名的避暑胜地。这里是一代歌后邓丽君最喜爱的小城，安详且悠闲，舒适并慵懒，与脍炙人口的《小城故事》是那样的贴切。而邓丽君对清迈的钟爱，与她最后在这座城市辞别人世，或许也有着说不清道不明的关系。了解了这些，让我对这趟旅程更加向往！

世界青年佛学研讨会，此前在西藏和香港举办过，这是首次在国外举办。大会特地在清迈海关申请了快速通道，方便从世界各地赶来的参会者。7月29日，近百位义工陆续抵达，分为礼仪、宣传、会务、接待、翻译、医疗、道具等多个组别。

甫出机场，我便见到已等候多时的来自济南的刘建新学长。这次他被我推荐进入了宣传组，而拍摄、剪辑等工作对于拍过多部北大公益讲座微电影的他来说，可谓驾轻就熟。

2015年8月1日，第五届世界青年佛学研讨会在泰国清迈的国际会展中心正式拉开帷幕。700多位来自全球各地的代表围绕“终极关怀”的主题，从“心灵安适”、“生与死”、“藏传佛教传统”三个方面展开研讨。大会设立了跨宗教对话、主题演讲、微演说和自由谈等多个环节，不同宗派面对“终极关怀”有着不同的表达和侧重点，但是核心价值是一致的——祈愿世界和平，传递善与爱。

让人欣喜的是，有不少非宗教人士也积极参与了此次活动。在这个“开放、包容、求真、利他”的平台上，“关注大学师生的心灵成长”，“希望在青年人的心中播下善的种子”，成了一种共识。

义工生活是紧张而忙碌的，每天睡眠时间仅有3至5小时。特别是礼仪组，每次都要提早到位准备，在所有人还在用餐休息之际，就要提前到会场门口列队准备迎接，在大会进行的过程中，要紧贴会议的步伐，传递麦克风、迎送嘉宾，准备百余份的颁奖礼品，还有礼仪人员的走位安排和关系协调……

跟随北大公益讲座游学多年，不仅让我每天都能以充沛的精力面对各种挑战，而且还能有条不紊地把每一个细节做到最好，这是最让我欣喜的一件事。

8 月 4 日晚上 9 点，我终于登上了泰国清迈国际会展中心第五届世界青年佛学研讨会的颁奖舞台，开始以诗歌演绎北大公益讲座对“终极关怀”的理解。舞台的背后，是巨型 LED 展现的唯美视频，配合摇曳的特效灯光，我气定神闲，面对台下来自世界各地的 700 多双眼睛，专注并坦然地将《去去就来》尽善、尽心、尽美地呈现给在场的全体听众，赢得了全场热烈的掌声。

当我走下舞台，一位泰国僧人特地过来问我这首诗的涵义，因为他感觉很美，但错过了当时的同声传译。不少义工伙伴发来微信，向我索要这首诗歌的文本或视频文件。大家在告别的时候，甚至引用了我们的诗歌语言：“去去就来，明年再会！”可见，“去去就来”这样一种从容、喜悦、超然面对生死的态度，在以美的形式表达之后，已经深入人心。

会议在 8 月 4 日圆满结束。我们一行义工才有机会踏入清迈的古城区游览。随处可见的寺庙大殿内，气氛庄严而轻松。不同肤色的游人或与佛像合影，或席地而坐，或在做笔记，或在绘画，或发呆……

漫步在街道上，清迈特有的双条车和摩托车从身边悠悠驶过，沿途充满好奇眼神的各国旅客，也成了一道别致的风景……这座小城就是这样恬淡怡然，引人入胜，难怪组委会已经确认明年的世界青年佛学研讨会将继续在清迈举办，到时愿意为爱付出的义工们，又将相聚这座历史悠久的古朴小城，欣赏怒放的玫瑰！

清迈，一座有故事，并不断创造故事的小城：

小城故事多
充满喜和乐
若是你到小城来
收获特别多
看似一幅画
听像一首歌
人生境界真善美
这里已包括
谈的谈
说的说
小城故事真不错
请你的朋友一起来
小城来做客

夏雨轻风

2015年10月21日

赣西戒毒所

每个人心中的善，
都来自于自然。
善良不需要学习，
只需要还原。

与其自责　不如负责

——在江西赣西强制隔离戒毒所的演讲

当我们用一颗慈悲心去付出的时候，还应该有一颗智慧心；同样，有了智慧心，还得有慈悲心。这叫“福慧双修”。

在现实生活中，我们会经常见到一些有智慧心，却没有慈悲心的人，知道了很多，却就是做不到。俗话说：“三岁孩童都知道，八十老翁做不到。”我们从小就知道，要孝敬父母，结果呢？

就好比现在，你们这些铮铮男儿，在这么一个强制隔离的地方，坐在一张硬邦邦的塑料方凳上，因为自己的过失，而暂时失去了自由。你们知道在这个世界上，有多少女人正在为你伤心吗？你们知道吗？

至少有一个女人，那就是你的母亲。你们是否知道她的眼泪已经快要流干了呢？你们会忍心让她这样吗？（现场回应：不会）。还有一个人，她可能会是你们的爱人，或是你们的女儿，或者会是你们未来的爱人，我敢肯定地说，她们正在等待着你们，期盼着你们，渴望着你们能够重新崛起，能够奋发图强，开始新的生活。

在此我想送给大家一句话：与其自责，不如负责。很多人来到戒毒所，非常自责，很懊恼，彻夜难眠：我当时为什么会做出这样的决定？就为了几颗小药丸，或者是一丁点粉状的，说不清是什么东西的玩意儿，而抵不住诱惑。有没有后悔过？（现场回应：有）我听到你们说“有”！

与其这样对过去自责，不如开始对未来负责，负责任地告诉自己：下一次怎么样？不会再这样。强制隔离戒毒，只有两年的时光，七百多天。在我们三万天的生命长河之中，真的很短暂。当你走出戒毒所的高墙之后，一定还会遇到同样的诱惑，下一次你会怎样？能不能对自己负责，让自己能够拒绝诱惑？（现场齐声回应：能）。

对，一定要拒绝，因为只有当你拒绝的时候，当你为自己负责的时候，你才能够对你身边的人开始负责，对你的父母、孩子，甚至是对你的另一半负起责任来。因为，只有对自己负责的生命，这样的胸膛才是值得依靠的。所以，我真诚地希望你们：要对自己有信心，后面一定有个更大的，更重要的，更美的，更好的女人在等着你们……相信吗？（现场大声回应：相信！）是，当你们刚才大声喊出“相信”的时候，其实，是你们在唤醒自己的良知！每个人心中的善，都来自于自然。善良不需要学习，只需要还原。相信善良，就是相信自己！

来，大家请跟我一起朗读：与其自责，不如负责！（现场大声回应：与其自责，不如负责！）负责让自己下一次不会再这样。要对你们说句老实话：没有一个女人会喜欢一个打着哈欠、流着鼻涕、浑身软绵绵、什么事都做不了的男人，因为每个人的眼睛都是一面镜子。同样，你也不会去找这样子的女人，你也不希望自己的家人、儿女会沦落到这样的地步。所以说，一定要让自己负责，让自己好起来，用你的好样子，让他们看到，你是值得依靠的，你是值得信赖的！

对，这样一个负责任的生命，知道了，而且去做到，才是真正的知行合一、福慧双修。

人生没有对错，每一个生命都是带着使命来到这个世界的，而每一个发生都有意义。到了这个年纪，我们已经用自己的人生经历证明了：原来是因为自己怎么样，所以才会这样。如果你们真的能悟到这一点，那么也不枉费政府和干警对你们的关爱和付出。

让我们一起走向生命的远方，把握每一次发生，在发生中学习，成就一个更好的自己！

祝福大家！谢谢大家！

2015 年 12 月 9 日
深圳

关于思想，
想是气体，
说是液体，
留下文字才是固体。

美文传道　以文修身

——《繁星点点》编辑絮语

从小，我就酷爱文字，也喜欢写，但出版一本署着自己名字的书，感觉是一件遥不可及的事儿。没有想到，跟随北大公益讲座三年多来，当我每天用超过 90% 的时间来做这样一种公益时，儿时遥不可及的梦却在北京大学的光环下给圆了。

2015 年 10 月，当代中国出版社出版了我的《春潮如歌——走在回归慧命的路上》，手捧着装帧精美的处女作，那种发自内心的满足和按捺不住的喜悦，真是无法用言语来表达，就像曾经有人告诉我的：“看到自己出版的第一本书，如同看到自己刚出生的孩子一样，爱不释手，去到哪里都想带着，眼里不能没有她！”当时，我真的就是这样一种感觉。

请出版社给父母寄了一箱书，在10月末的好友聚会上，他们分别送给了七个家庭。第二天清晨，7点来钟，父亲的老战友——从小看着我长大的一位叔叔迫不及待地给我父亲来电话："昨晚我一回到家，就开始读《春潮如歌》。岚岚太棒了，老唐，你的文章我读得多了，我只能说青出于蓝而胜于蓝啊！我会认真读完这本书的！"

听着70多岁的父亲在电话里兴奋地讲述，我的心情是平静而感激的。我能体会得到父母为女儿的作为感到骄傲，我更加从心底里感谢父母从小纵容我的任性，让我心无旁骛地自由追求；感谢梓林学长给予的无限鼓励，为大家创造了这样一种宽松的写作环境；感谢所有志愿者的相伴扶持，一路前行；当然，我也深深感谢自己，愿意在这条路上无怨无悔地做……

北大公益讲座五项原则之一：不做广告，不接受媒体采访，不接受捐款。这一点，让多年从事新闻工作的父亲费解："你们这样如何推广讲座呢？"我告诉他："这么多年来，所有的课程都是志愿者口口相传，自己体验过了，有感受，才介绍给身边的有缘人。"

事实上，讲座已走过近550场，我们没有做过任何的文字推广资料和视频。以前，了解讲座的唯一窗口是梓林学长"思想统治企业"的搜狐和新浪博客，从中可以追溯到最早一期的课程；后来，有了微信之后，我们开设了公共平台，每天发布一篇讲座相关的消息和分享文章；而如今了解讲座最便捷的途径，是梓林学长的微信个人相册，这里成了北大公益讲座的新闻发布站，每日更新，时时播报讲座的最新动态。

大批的志愿者也会转发梓林学长相册的分享内容，让家人和朋友了解自己关注的方向，同时也是在传播讲座。很多学长会说，当时我就是看到朋友圈的转发分享，才走进北大公益讲座的。

关于思想，想是气体，说是液体，留下文字才是固体。北大公益讲座提倡“文以载道、美文传道、以文修身”的“三文主义”，是希望志愿者能享受诗情画意的生活。而这样的生活，其实并不远，坐下来，拿起笔，开始写，就有了。

出版过 30 册书籍的梓林学长常说：“当人‘为用而学’时，很快就能学会；为发表而写，就越写越想写。”他非常了解大家的需要，于是开放了自己的个人相册和博客空间，只要志愿者愿意静下心来写出自己内心真实的感受，形成文字，很快就可以在这两处公开发表。

其实，这个虚拟的空间，有将近 8000 多位海内外北大公益讲座的志愿者在关注，还有无数志愿者的朋友和家属在关注。所以，每次当分享文章发表后，梓林学长相册后的跟帖评点和各个慧至堂的热烈回应，对作者都是莫大的鼓舞，形成一种良性的循环，由此也更加激发了志愿者的创作欲望。越来越多的学长以自己的作品公开发表为荣，而每天的相册和平台内容，也成为志愿者之间深度交流的重要话题。

微信畅行的这两年中，累积了大批志愿者的优质分享文章，这些文章成为策划出版《我们共同走过》丛书之四《繁星点点——拥抱更好的自己》的缘起——把众多志愿者的作品结集出版，变成铅字，固化下来，赠送出去，作为 2016 年的新春贺礼，这将是一份特别的礼物——圆满一群蓝衣志愿者的“文字梦”。

我们发现，很多志愿者曾经都有过“作家梦”、“诗人梦”。由于生活的种种磨砺，渐渐淡忘那种渴望，甚至放弃了自己的梦想。而当他们重新开始动笔，将自己生命的故事，用文字展现在眼前的时候，都不禁被自己感动了。

一直以来，在承担北大公益讲座微信公共平台的编辑工作中，我深刻体会到：帮助别人其实是成就自己。每天大量的阅读，修改志愿者的分享文章，从中锻炼并提升了自己的敏锐思维和语感，而这正是提高写作能力的捷径。看到大家享受着文字带来的乐趣，我也由衷地喜悦，如古语所云："登高必自卑，行远必自迩。"所有的做，都必须扎扎实实，循序渐进。只有对人真正有帮助的事情，才可能走得更远！

北大公益讲座为每位志愿者插上了理想的翅膀，相信会有更多的志愿者，为了一个更好的自己，拿起手机或键盘，重温"文学梦"，留下真实隽秀的文字，在践行并传播"光明圆融善"生活态度的同时，享受自己的思想可以变成铅字的无穷乐趣——留下人生至善至美的文字。

这是善的呼唤，这是爱的回应，爱让我们更加美丽，爱让我们才华横溢。在浩瀚无垠的星空中，繁星点点，相互照耀，心心相印，彼此成就。在生命的每一分钟，让我们拥抱更好的自己，让生命从此走向慧命！

2016 年 1 月 2 日
深圳

为众生，其实是为自己

在 2016 的新年钟声敲响之际，看到公众平台上发布的北大公益讲座合唱歌曲《蓝色志愿者》，我还是忍不住点击观看。尽管这首 MV 我已欣赏过无数次，但当雄浑低昂的歌声传来，当一张张熟悉的志愿者面孔从眼前掠过，当一幕幕温馨的场景在脑海重现，在跨越 2015 年的分秒之间，我的心弦再次被拨动，情不自禁为自己是这群享受付出的蓝色梦想者中的一分子，而感到自豪和满足。

2015 年，北京大学公益讲座又刷新了创办以来的记录，全年开讲课程 142 场。讲师团受邀去到国内 25 个城市和地区，为 56 个不同的机构和群体送去讲座。其中，第一阶“从生命到慧命”开讲 64 场，第二阶“光明圆融善”开讲 31 场，第三阶“幸福是想出来的吗”举办 3 期，开讲 27 场，“慧命之旅”举办 3 期，开讲 18 场；最新开发延伸课程“梦想者的天堂”开讲 19 期，“母爱的觉醒”也完成了

第 1 期，课程基本架构已经确定。

在这一年密集开课的间隙中，讲座也拓展了多种丰富多彩的相关活动。6 月 16 至 19 日，在江西大余举办了为期四天三夜的“讲师培训丫山 2 期”；8 月 14 至 16 日，首次尝试组织若干深圳志愿者家庭，成功举办了“丫山家庭分享会”；8 月 18 至 23 日，在青岛举办了“8 月缤纷蓝色之旅”，数十位志愿者带着孩子参加暑期“亲子行”；10 月 13 日，在深圳圆满完成“北大公益讲座第 500 场暨深圳第 100 场”庆典，来自国内外的 300 多位志愿者参加了本次活动。而在不断的行走之中，大家的灵感被激发，诗歌、微电影、视频、歌曲、书籍等各类原创作品层出不穷。

年终做完各种数据统计，发现 2015 年开讲的 142 场主要课程中，我参加了 128 场，也创下年度个人出行的最高纪录，一年有一大半的时间，是在课程中或是在去往课程的路途中。

而对我来说，2015 年的收官之作，是在北京录制了散文诗朗诵：《孩子，真的对不起》《妈妈，我想对您说》。12 月 4 日，在当代中国出版社的组织下，梓林学长、庞坤学长和我作为《我们共同走过》系列丛书的作者，一起走进了中国传媒大学，为同学们开讲“梦想者的天堂”，畅谈讲座的缘起与写作心得。

跟随北大公益讲座三年多来，我已经旅行了 35 万公里，绕地球 9 圈。这趟不一般的生命之旅，原不是我的设计，而 2012 年 2 月 11 日，与北大公益讲座无意间的邂逅，被点燃的“慧命之光”就引领着我义无反顾地开始了走向生命远方的旅行。

在“信愿行”的路上，愿意奉献自己生命的光和热，去为众生服务，有人说这是行“菩萨道”。我知道，以我的修为，要去行“菩萨道”，是高看了自己，但对于“菩萨道”，却是“高山仰止，虽不能至，心向往之”。所以，回首这一路跟随北大公益讲座走过的千山万水，心中是满满的喜悦：“哪里是听众需要我们，是我们需要这个道场来成就自己。”直到今天，我渐渐领悟：“众生不需要菩萨，菩萨需要众生”这句话的深刻含义。

正是这样的人生感悟，使我在做每一件细小的工作时，都能集中精力，而且好像有用不完的劲儿，每件事情都是从内心中生发出来的，而不是别人让我做的。北大公益讲座有一条不成文的规定：“谁提议谁做。”而我却总是在不断地提议，所以，每一天都有很多事情可做。这在外人看来，我是在为别人做，只有我心里明白，都是为了自己更好。这种感觉，已经完全超越了小时候做家务，希望得到父母夸奖，在学校做好事，希望得到老师表扬，在单位努力工作为了得到领导嘉奖的那种格局。

外在认可和尊重，是如此的不重要，因为内心是清净明朗的。而坦然无求，是做事不累的真正原因，因为我相信：这件事根本就是我的事。这一切都是为我而来。

新年的钟声，已经敲响。在短暂有限的人生之中，我们不可能用相同的自己，去创造不同的结果，而帮助别人，服务众生，是遇见最好的自己唯一且最快的途径。

因为“为众生其实是为自己！”从甘愿付出，到达享受付出之后，我已经知道这句话是真实不虚的。正所谓：做到，做到，只有做，才能到。

夏雨轻风

真正需要被子的，
其实是我们志愿者自己。

2016年1月31日
深圳

这个冬天不太冷

2016年1月中下旬，来自于西伯利亚的寒流席卷全球。中国南方竟然飘起了雪花，北方当然更加寒冷，连连创下低温纪录。香港下令全城中小学停课，因为气温低至摄氏5度，学生们应该留在家中，抵御寒冬。一时间，举国上下点击率最高、使用频率最多的词汇是：冷，很冷，非常冷，太冷了。

在这样一个看似不适宜出门的季节，大江南北的北京大学公益讲座的志愿者们却没有停下脚步，反而更加活跃，抱团取暖。被点燃的一个个生命焕发出来的慧命之光，不仅照亮了自己，而且温暖了四周。

1月30日上午，在北京何氏养生馆举办了第二阶“光明圆融善”课程。一大早，新老志愿者冒着严寒，邀约了自己的亲朋好友，从四面八方赶来，走进课堂。这场讲座最大的不同是由北京248志愿者鲁瑞清学长领衔主讲，这是他首次独立开讲第二阶课程。

63 岁的他在讲台上挥洒自如，娓娓道来，仿佛生命才刚刚开始。他放下过去的辉煌，重新出发，用自己的做到为北大公益讲座羊年收官之作，画上了圆满的句号。

下午，济南 100 刘建新学长带领志愿者，为济南西沙小区智胜教育的同学和家长们，送去“梦想者的天堂”第 22 期课程。济南 157 贾春霞学长在身体超负荷的情况下，全力以赴投入服务，却发现身体的不适在付出的过程中，消失得无形无踪。

傍晚时分，赣州慧至堂在南康区商贸大厦 11 楼召开赣州第 3 期分享会。赣州 019 张松文学长 2015 年 11 月 30 日参加完井冈山三阶“幸福是想出来的吗”第 12 期课程后，与太太——赣州 016 志愿者刘念学长一起，带领 16 岁的儿子张伟涵学长，在两个月中，共同组织、主持了 6 期分享会。高密度、高品质的分享会，成就了一对越来越恩爱的夫妻，和一群共同学习成长，追求生命品质的有缘人。

1 月 31 日下午，“深圳第 2 期分享会”如期在福田区农科培训中心举行，分享主题是“关系的圆满”。开场朗诵，我特别选择了两首最新的原创散文诗《妈妈，我想对您说》《孩子，真的对不起》，引申出生活中种种关系正等待着我们去圆满。

80 多岁的老人与 10 多岁的孩子同台分享，朴实的故事，真情的告白，让第一次参与的新朋友们赞叹不已，迫不及待地报名深圳作为“北大公益讲座猴年外地课程始发站”的一二三阶系列课程！

而《我们共同走过》丛书之四《繁星点点——拥抱更好的自己》一书中，深圳的作者最多，大家拿到出版的新书，个个脸上都笑开了花，好像抱着自己的孩子一样喜悦、满足、自信！

晚上，湖北安陆电网公司的会议室内，深圳 307 志愿者付宝翠学长主持了“安陆第 2 期分享会”，她 14 岁的儿子何小河学长当仁不让，成为最佳助手。分享主题“亲密与亲子”是每个人的必修课，而这对母子携手走遍万水千山，只为了彼此互相成就，书写传奇。

2月1至3日，北京“金刚慧至堂”将举办第23期“梦想者的天堂”和5场专题分享会；许多志愿者正在策划着自家的“春节家庭分享会”……

建新学长从2015年11月14日至今，带领济南志愿者在当地开讲了9期“梦想者的天堂”课程后，终于悟到：其实，讲课只占三成，道场占三成，造境占四成。“做”原来还有更奥妙的一层意义：传出善爱、修得慈悲。

梓林学长回复：有被子，才有温暖！真正需要被子的，其实是我们志愿者自己——永远记住这个道理，前进的路上，出任何问题，都不会抱怨，不会生气！

是的，这个冬天不太冷，的确不太冷，因为我们有了被子，听众就是我们的被子，而志愿者的做到，捧出的真心，令共同创造的这一片善的环境更加温暖。

春天，从未离去……

2016 年 2 月 6 日

深圳

“你开心就好！”

“Ellen，你快点来吧，我要给你讲课，已经做好课件啦！”这是12岁的外甥女——嘉妤在我创建的“唐氏宝贝”家庭微信群中发来的语音。Ellen 是我的英文名，自从嘉妤开始学说话，就一直这么称呼我。当然，妹妹和妹夫不止一次提醒她，我倒是没太介意，觉着孩子喜欢就好。

这两年多来，嘉妤与父母一起接触并学习思维导图，逐步运用到生活的各个层面。现在她的“学习胃口”越来越好，各科成绩也有了显著提高，最令人欣喜的是她时常沉浸在快乐之中，非常乐意与人分享。

每一次去他们家，从客厅到饭厅，铺天盖地都可以看到嘉妤画的色彩斑斓的导图。有的竟然是用多张 A4 纸黏在一起，大到可以铺满整张餐台，涉及内容则是五花八门，有各学科知识，也有周计划、年计划、暑假计划等，上面分别用文字、图案和符号做了标注。看着这一张张带着“密码”，只有嘉妤才能读懂的导图，让人渴望打开想象的空间，与她一起飞翔。

此刻，听到她清脆稚嫩的台湾口音从手机中传来，让我更加期待早一点去到东莞，期待家人的团聚，期待嘉妤的“授课”。

妹妹一家在东莞的住所恰巧题为“岚岸”，与我的名字吻合，平添了一分亲切感。正月前夕的南方，虽然寒流刚刚撤离，幽静的林荫小道两旁种植的桂花树，却毫不吝啬地盛放着。人的鼻腔轻而易举地便能捕捉到微风中飘来的一丝丝、一阵阵桂花香。漫步其中，感觉甜蜜得似乎就要醉了……

嘉妤很喜欢我的到访，因为这样她可以把房间让给我，去三楼和父母“挤”在一张床上。

第二天一大早，她就跑来找我，主动协助整理床铺，摆好那些可爱的公仔娃娃。难得见到这么爱干活的孩子，我就乐得享受她的付出了。

我俩来到一楼书桌前坐下。她神秘地说：“我要等小月月（我姐姐的女儿）来，今天晚上才正式给大家讲课，我已经都给你们报名了。待会儿我的 PPT 还需要做些补充。现在，我们就一起画一张思维导图吧，反正 Ellen 你是有基础的。

“首先，取一张 A4 纸，在纸的中央，画出中心主图。Ellen，今天你要画的主题是？”

一下让我选择，我还愣了一下，于是反问嘉妤：“你想画什么？”

“你开心就好！”嘉妤头也没抬，忙着找铅笔、彩笔和橡皮擦，让我自己决定。

“那就来个复杂点的，画‘北京大学公益讲座的简介’！”

“好啊，这个太简单了！”嘉妤愉快地接受，并提醒我，“中心主图，一定要画自己有感觉的图案，这样记忆才深刻，色彩要丰富喔！”

“嗯，色彩丰富，用什么颜色的彩笔呢？”我随口问。

“你开心就好！”再次听到嘉妤说出同一句话，我不禁认真看了她一眼。晨光穿过落地玻璃窗，洒满她细腻娟秀的小脸蛋，面上微细的绒毛被阳光镀上了一层玫瑰金色，清澈的眼睛亮晶晶，她坦然地冲着我笑，不经意间露出牙套，点着头郑重其事地说：“对啊，Ellen，你开心就好！你挑你喜欢的！

“我呢，再用一支蓝色彩笔，给北京大学这个红色的圆圆的标志加上一对翅膀！你看，‘嗖’地，北大公益讲座一下子就飞起来了！噢，原来讲座的第一期是在 2011 年 2 月 14 日，创始人是郭梓林老师，他已经出版了 30 本书……”嘉妤一边读，一边画，北大公益讲座创办的时间、地点、课程内容，以及梓林学长的个人背景等相关资料慢慢地透过她的笔，清晰地呈现在纸上，一目了然。

突然间，传来闹铃声，原来嘉妤在开始学习前设置了计时器：“现在我们休息一会。这是‘番茄时间’，学习 25 分钟后需要停下来，换一件事做。Ellen，我给你看我做的 PPT 吧。”

这时，我发现嘉妤的书桌上摆放着一件湖水绿的瓷器，这是暑假期间，她跟随父母回台湾，在陶艺坊自己手工制作的作品。细看之下，我读出上面歪歪扭扭地刻着的一行字：“天才是有效重复次数最多的人”！

“哎呀，不小心给你发现了！对，天才就是有效重复次数最多的人！天才就是有效重复次数最多的人！”

嘉妤嘴里不停地嘟囔着，手中忙着打开 iPad，接下来继续和我聊：“我好骄傲，因为我是全班个子最矮的，我一直都是个子最小的，到现在还没有人和我‘抢’这个第一名！”

"可是，今年我看到你明显长高了，平时多运动，会长得更快点！"我轻轻拍拍她，安慰她。

"我的确是长高了，可班上其他同学也在长个儿！是，昨天妈妈还带我去上了少儿瑜伽课！"嘉妤的脸上看不出半点的烦恼，一副自得其乐的样子，倒显得我多虑了。

"你看看，妈妈让我把'时间管理'加上去，待会儿我还要去找资料。现在这些 PPT，我每一张都加了效果，你看这张配什么效果好呢？"嘉妤的手不断在 iPad 上点击，展示她的课件，让我惊讶这 12 岁的孩子，轻易地就掌握了有时大人都觉得很复杂的工作。她指着不同的特效，让我选。

我故意说："你开心就好！"

"嘻嘻，Ellen，你学我！你也学会了！"嘉妤与我相视，会心地笑了。

"嘉妤，在学校大家喜欢你吗？"

"喜欢，同学们当我是面团一样，揉来揉去。他们都很喜欢我呢！"

"喜欢你，就因为你是小面团？！"

"是因为我帮他们做事，反正闲着也是闲着！我很喜欢帮大家做事，所以同学们都很喜欢我，我也很开心，所以就更加喜欢帮助他们啊！"突然间，我的眼睛有点潮湿，眼前仿佛看到小嘉妤不断被同学们呼唤着，她开开心心地穿梭其间，十分享受地为大家服务的画面。我揉搓着嘉妤的头，爱不释手："你这个小面团，实在是太棒了，难怪大家都爱你！你妈从小就叫你'肉肉小丸子'，就是被大家揉来揉去的！"

家庭团聚的时刻终于到来，三代人四个家庭凑在一起热闹非凡，整栋房子充满了欢笑声。晚饭过后，"唐氏宝贝 2016 家庭年会"以嘉好同学的“授课”为主。她给每一个人发了一张 A4 白纸，再一次开始讲解如何画好一张思维导图。

8 岁的小月月已经是位游泳健将，小小年纪曾获多枚奖牌。此刻，她趴在姐姐的身边，跟着步骤一笔一笔地在纸上画着，不停地问：“然后呢，然后呢？”嘉好轻松地回答：“然后，你开心就好！就不停地画呀，画呀，天才是有效重复次数最多的人……”

看着嘉好一遍又一遍耐心细致地讲解思维导图的画法，认真回答大家的提问，我的心着实被感动着。这两日与她的相处，让我又有了不同的看见。

原来生活就是这么的简单——你开心就好！人生的每一刻都面临选择，有时候选择细微到我们还没有察觉，就稍纵即逝，而选择的出发点其实是自身的快乐，幸福就是圆满与外部世界的关系。这是多大的人生智慧啊，却来自于一个 12 岁的孩子。

孩子是如此的真实，在帮助别人的时候，从来不会去计较，自性善良的光辉朗照全身，同时也照亮了周边的环境。付出中不断得到新的力量让人更加开心，因为只有这样，付出才能持续下去。

家庭聚会之后，我回到市区主持深圳志愿者第 2 期分享会。第二天就收到妹妹的来电。因为我手上有事，一再推迟，终于在第三次才与她通上话。原来是她迫切希望分享，前一晚与我共同学习课程“关系的圆满”以及家庭聚会的感悟：“我现在明白了，郭老师创办北大公益讲座，带领这么多志愿者做着这样一件对人有帮助的事情，就是让大家的关系得到圆满，在发生中学习！

“这一次，看到你和父母的关系真的好融洽，好像也没有做什么，但那种默契就在，好让人羡慕……”

“是的，我现在与父母之间的关系，就好像嘉好与你现在是一样的。我们只是回归，回归真实的自己，完成所有的关系，真正到达自由自在，这样就圆满了。要到达自在，想想就觉得还有好多的功课要做，我们一起努力吧！”

猴年已经进入倒计时，新年的钟声即将敲响。北大公益讲座创造的环境，让每一位志愿者的家庭在潜移默化中，不知不觉地变得更好。家庭聚会让我们有了这样一次洞见——学习可以如此化繁为简，快乐就是这么唾手可得。有效重复，不断地做，就能到。

放松才是真正的过年——你开心就好！

2016 年 2 月 24 日
深圳

完美的人生轨迹：
从生意人到企业家，
到慈善家，
再到教育家。

智勇双全　动静结合

俗话说，十五的月亮十六圆。猴年正月十六，我再一次作为特邀嘉宾，站上 2016 惠科供应商大会的舞台，代表北大公益讲座的志愿者传递文化，传递爱。

2012 年与深圳 003 志愿者吕静学长相识之后的每一年，都会受她邀请参加公司举办的中秋晚会和供应商大会，所以我与惠科电子的不少同事都比较熟络。会议的茶歇时段，久别重逢的朋友们相聚一起，言谈甚欢。有同事欣喜又好奇地问：“哇，你们的书居然都是正式出版物耶，能出版应该很不容易吧？要经过非常严格的审核和编辑吧？现在我们一年看完一本书都好难，别说写书了。你们是怎么写出来的，还那么感人……”

这次 2016 惠科供应商大会送给来宾的礼品，就是北京大学公益讲座《我们共同走过》系列丛书中的《春潮如歌》《繁星点点》。当我们步入会场时，就看到不少企业家正在翻阅。吕静学长走到她相熟的客户面前，不无喜悦地告诉他们：“《春潮如歌》的第二篇序是我写的，这本书内第 76 页上的文章——《你好，深圳！》写的就是我和王智勇的创业史，这本红色封面的《繁星点点》中也有我的作品，其中有我在重庆组织主持北大公益讲座志愿者分享会的纪实报道……”

吕静学长今天穿着与往常有所不同：黑色连衣裙搭配白色经典外套，简洁优雅，娇俏动人。当然，永远不变的是她阳光灿烂的笑容，让人如沐春风。我在一旁看着她诚恳认真的模样，心里暖洋洋，真心为身边有这么一位可爱可敬的学长而感到自豪。

今年惠科供应商大会的主题是“诚信　合作　双赢”。尽管去年企业的产值效益都创下了佳绩，但从企业各位领导的发言中，却没有任何半点的骄傲自满，而是一再强调 2015 年工作中的不足之处和急待改进的方面，甚至当面承诺解决问题的时间，推出关键的项目负责人。

这次供应商大会，吕静学长特别安排北大公益讲座的诗朗诵作为压轴环节。我朗诵了《灵魂的求诉》，作为供应商的深圳 150 志愿者王建芬学长，朗诵了这首诗歌的姊妹篇《灵魂的守望》。朗诵结束，在一片掌声中，我们三人手牵手再次走上主席台，向全体嘉宾鞠躬致谢。

吕静学长当场表示，自己会尽早退休，把事业交出去，将命业担起来——这个命业就是北京大学公益讲座——并早日完成自己的处女作《静思静语》。

从一个生意人到企业家，从企业家再到慈善家，到教育家，这是一条完美的人生轨迹。勇者善于创新，智者静以修心。人生即实证，证明通过帮助别人，最后成就一个更好的自己。

创造环境，
共同成长。

2016 年 3 月 10 日
深圳

三进东山

2014 年 3 月，北京大学公益讲座第一次走进湖南湘乡东山学校，就此，与该校结下不解之缘。双方达成君子协议，每一年春暖花开的时候，志愿者都会来东山学校，为高一至高三的同学连续开讲三天的公益课程，尤其为应届的高考生加油鼓劲！

东山学校是毛泽东主席走出韶山冲就读的第一所新式学校。2015 年 8 月，是他们建校 120 年的纪念。2016 年的春天，时隔一年后，当来自全国各地的 24 位志愿者践行“十年之约”，第三次走进东山学校时，我们看到了焕然一新的校园。这次参加课程服务的志愿者中，最年长的志愿者，是来自北京的 82 岁的张连义学长与太太韩秀云学长，他们已经连续两年前来为东山学子服务了。而年纪最小的是来自深圳的 13 岁志愿者刘伟辰，他再次跟随母亲——深圳 150 志愿者王建芬学长来到东山，并邀约了同班的三位同学同行，周五下课后乘高铁经湘潭西转湘乡。深圳003志愿者吕静学长也再次带着即将出国留学的女儿，一起来参加服务。

3月5日晚，距离高考还有93天，东山学校1300位应届高三学生与志愿者们共度良宵，一起分享了200分钟的北大公益讲座最新课程——“未来不是梦”（第1期，总第558场）。在入场的时候，每位同学都收到了吕静学长赠送的礼物——《春潮如歌》。

当全体志愿者登上讲台，主持人问候致意：“大家好，我们又来了！”台下的同学们“唰”的一声自发地全体起立，热烈的掌声回荡在东山学校新装修的大会堂上空，久久不能停歇，同学们也跟随着志愿者一起高声朗读北大公益讲座四个理念，台上台下瞬间融为一体，直到志愿者走下讲台，同学们才肯坐下来。不少志愿者眼眶湿润，因为大家已经陪伴这批同学走过了三个春天，虽然每年只见一次，但正因为这样，彼此之间的感情非同一般！

课间和课后，志愿者被孩子们团团围住，许多学生请求志愿者把“梦想成真！北大见！”写在赠书甚至校服上，现场盛况空前，感人至深，包括来自深圳的5位13岁的小志愿者，都受到了巨大的鼓舞，他们还上台集体朗诵了北大公益讲座原创诗歌《妈妈，我想对您说》。

5日至7日，完成此次“三进东山”八场课程后，我们收到了东山学校同学和志愿者的回馈，让人感慨且欣喜：

“郭先生，当初就是因为听了北大公益讲座，因为您，我才考虑报考北京大学的，今年你们又来了，毫无疑问，我这个高三生心里多了动力，多了启发，剩下93天，我定当全力以赴！”

“静姐姐，你好！虽然你讲得有点不好意思，有点断断续续，也许是第一次讲，但我可以想象出您和先生的创业之难，幸好，你们坚持了下来，不仅让自己沿着梦想的轨道前行，也让我们这些有梦想但缺少努力的人，有了榜样！现在我了解了，梦想才是现实的支柱，我会努力奋斗的，也祝你们更成功！前年高一，去年高二，今年高三，这一次有你，似乎感觉不错。I really like your warm smile（我真的喜欢你温暖的笑容），有种温柔的感觉。坚持吧，静姐！坚持吧，高三的我！”

来自于深圳的五位参加服务的中学生志愿者，在回程前与大家分享：“以前在外面待上一天都觉得好累，这次有机会穿这件蓝衣服参加志愿者服务，而且是服务比我们年级高的同学，我们发现也并不是太累，第一天就感觉有所收获，心情比较愉快，现在想想，能为别人做点什么，就觉得很满足。”

“第一眼看到东山学校，感觉有点古老陈旧，以前还真不知道这里出过毛泽东，现在才了解。东山学校让我感受最深的是他们的学风很正，老师学生都很正气、有正义感，我们那个地方（深圳）太污了，这里好纯净，让我好羡慕。”

“我们那个地方，对人都是嘲笑的态度，你在台上只要说错一句话，下面的人就会嘲笑你，是那种很邪恶的感觉。”

“是啊，这次我们5位同学第一次合作，上台朗诵《妈妈，我想对您说》，在台上卡壳忘词，而且说错了那么多，居然都没人喝倒彩，只是静静地听。而当我们朗诵结束时，台下的同学们给予热烈的掌声，真是没有想到，东山学校让我们震撼，原来还有这样的学校。”

听到十来岁的孩子们的分享，让同行的志愿者好感动。梓林学长适时地给予点化：“刚刚听到你们的发言，我感到欣慰，欣慰的是现在你们13岁，看到那些嘲笑，已经有判断了，已经是俯视了。对于那种嘲笑，那种负能量的东西，你们已经站在一个高度上来俯视，而不是跟他们同流合污，或者是跟他们一起，你们已经有高度了。

知道这个地方的学风是正的，那个地方是差的，能做出这样的基本的判断，很重要。你如果分不出这个，还觉得那个很好玩，很嗨，看到人家起哄，就跟着一起闹，觉得好玩，如果是这样的话，你就掉进去了。

“你们刚刚的表达，说明你们已经超脱出来了，你们觉得那个地方不是你们想要的氛围，那么，以后你们就会在人生道路上，去找好的地方。所以，回到深圳后，你们要多参加分享会。建芬学长，你来带领孩子们学习，创造正能量的环境，和他们一起共同成长……”

梓林学长一直絮絮叨叨地说着，直到把这群深圳志愿者送上车，还一直向他们远去的背影挥手。

没多久，就收到建芬学长在回家的路上给我发来的微信：

“今天看到老师在孩子们上车时，千叮咛万嘱咐的样子，我真的很感动。这些孩子本来与他无关，而他一定是看到中国教育目前的某种缺失，导致孩子没有好的学习榜样和学习环境，所以有种迫切的焦急。

“老师的担忧是无法掩饰的。今天感觉老师真的有点苍老了，一句话重复了好几次，好像爷爷叮嘱孙儿般，我想他心里其实真是挺着急的，就像一位医生，可能帮不了太多人，但他真的很想尽自己微薄的力量去影响这些孩子，影响一个是一个，把这些种子播种下去，期待它生根发芽。如此大爱，即使作为母亲，我们有时都做不到，真的好惭愧！我会脚踏实地去做的！”

第一次跟随外出服务的北京志愿者李洪刚学长，在回到北京后给我发来微信：“我会想念大家的，感谢共同走过的这一路，学长们都非常辛苦。昨晚老师那样咳嗽，还坚持演讲，您每次给他递水的那一幕，感动了我，也感动了全场的听众。我在默默地祈祷着：祝福着天下的好人一生平安幸福！祝愿讲座越来越好！”

五天四晚，三进东山，圆满完成。我们会一直做下去，践行“十年之约”，陪伴东山学子成长的过程，也是遇见更好的自己的过程。

东山学校，我们明年再见!

夏雨轻风

一群蓝精灵在天与地之间，
有日月关照，
与星辰同眠，
徜徉在青山绿水之中……

2016年4月28日
深圳

走进丫山

——《道源揽胜》主编絮语

北京大学公益讲座的第一阶“从生命到慧命”和第二阶“光明圆融善”的课程，是帮助听众打开“慧命之门”，三阶“幸福是想出来的吗”的课程，则是让志愿者享受“慧命之妙”。第一、二阶课程，是面对社会大众的，第三阶课程，是专为志愿者开设的。因此，三阶的开课地点必须远离喧嚣的都市，选择自然风光优美的地方。在天与地之间，山与海之间，有日月关照，与星辰同眠，一群蓝衣精灵，徜徉在青山绿水之中，在回归真实生命的状态下，共同探寻幸福的真谛。

2013年6月19日，北大公益讲座第三阶（1期）课程在庐山成功举办，开讲了三场（第175至177场，共9个小时），参加这一期的志愿者有51位。日本001志愿者程波学长、日本华人华侨总工会的郑世伟主席偕夫人（日本002、003志愿者），参加了此前在江西财经大学举办的第一、二阶讲座之后，也受邀上了庐山。听完三阶课程，他们感触颇深，当即决定邀请北大公益讲座去日本授课。不久，志愿者在半年内，两次东渡，为日本华人华侨开课。

在庐山开讲了三阶（1期）之后的三年中，三阶课程在祖国不少风景秀丽的名山大川留下了幸福的足迹：庐山，香山，番禺，三亚，桂林，北海，泰山，井冈山。

2016年的芳菲四月，我们又在江西赣州大余国家AAAA级丫山风景旅游区，举办了丫山三阶（13期）。在丫山这片云海和竹海之中，举办“幸福是想出来的吗”，别有一番风味，伴随着雨后春笋毕毕剥剥的生长声，学员们心中的幸福之花与满山遍野的杜鹃花一同盛放。

早在2013年3月，北大公益讲座就走进了这块神奇而美丽的土地。这一年的春节期间，梓林学长经朋友推荐，来到丫山考察，对这里的人文和自然景观一见钟情，并与唐向阳学长一拍即合，当即确定在春暖花开的时候，来大余县开讲北大公益讲座。就这样，光明圆融善的种子开始播撒在这片土地上，一批批的志愿者从此与丫山结下了不解之缘。

随着时间的推移，三年多来，北大公益讲座与丫山共同见证着彼此的成长，讲座已经走进第六个年头，如今的丫山也已成为自然风光与人文精神高度融合的人间仙境，而且初具接待规模，成为体验慧命之妙的绝佳道场。

2015年6月16至19日，北大公益讲座在历史悠久、翠竹环绕的丫山道源书院，成功举办了丫山讲师培训（2期）。2016年4月7至11日，在丫山A哆乡村活动中心，来自国内外142位志愿者，参加了五天四晚的丫山三阶（13期）课程，在灵秀丫山留下了美好难忘的记忆。

这次，我从起草《丫山三阶（13期）课程通告》的那一刻起，就已经被丫山志愿者的热情深深打动。因为丫山早已成为全球志愿者关注的焦点和向往的地方，《课程通告》发出不到十天，报名人数已逾百人，原定的80个学位，被大大突破，即使截止报名，仍不断有志愿者来电咨询，希望编入候补学员。

江西有众多的旅游景区，丫山的自然资源并不具备特别的优势，但是丫山人用自己的坚韧与智慧，赋予了这片山水非凡的价值。日本001志愿者程波学长，是中国国家歌剧院原著名男高音歌唱家，旅居日本20多年，作为中日文化交流的使者，这是他第一次来到丫山，刚住了两天，就惊叹道："丫山这么大，室内户外居然都没有卫生死角，太不可思议了。在国内，景区能做到如此，真是不容易。仅从这一点，就可以感受到丫山人做事的力道！而且这里的空气如此清新，食物又都是原生态的，我一定要带日本人来这里观光旅游。注重养生的日本人，一定会爱上丫山的。"

欣赏过无数专业团体演出的中央戏剧学院终身教授，北京777志愿者陈珂学长，被山林间每天早起清扫栈道的保安大叔憨厚淳朴的微笑所打动，被丫山人自编自导自演的《丫山情——特色民俗晚会》所感动。这位通今博古，阅人无数，观戏无数的学者，忍不住感慨："中央戏剧学院有一堂观察课，教学生如何观察人。因为人的一切行为，都出自于本能。我观察了丫山的员工，从他们身上传递出来的都是发自内心的真情实感。我就很纳闷了，怎么可以让他们都能这样呢？不是个别人，是丫山的员工们上上下下都很一致，这绝对不是培训出来的！"

其实，所有这些的困惑与不解，丫山人已经透过一山一水，一草一木，给出了答案——“工匠精神”。这也正是2016年3月5日，国务院总理李克强在政府工作报告中，首次倡导的“鼓励企业开展个性化定制、柔性化生产，培育精益求精的工匠精神”。

在这样一个纷杂浮躁的社会，工匠并不是机械性重复的工作者，而是有着自己人生信仰的创造者，在他们身上，蕴含着深厚的文化内涵。“工匠精神”，代表着一个时代的气质，代表着坚定、踏实、精益求精的行事风格和工作态度。虽然工匠不一定都能成为企业家，但在大多数成功企业家身上，都具备了这样的一种特质，而且身边都有一批这样的特殊人才。

在丫山旅游景区董事长唐向阳学长（大余000志愿者）身上，就蕴藏着这种深厚的“工匠精神”。在分享这十年来建设丫山的体会时，他说道：

“我在很早就意识到，只有发自内心本能的美好，才是最真实可贵的。所以，我们丫山人像对待亲人那样对待每一位客人，真不是在为客人付出，是感谢客人给予了我们一次付出的机会。通过服务客人，从而提升了自己，哪有理由不感谢呢？所以，丫山人都能做到把内心的美好真诚地奉献给客人，让大家感觉来到这里就像回到家一样。

“我们要把丫山做成‘乐山’和‘乐山’。‘乐’字有两个读音，一个是Lè，一个是Yuè。前一个‘乐’，是我希望能带领丫山人轻松工作，快乐生活。如同梓林学长告诉我们的：自己快乐，40分；让身边的人快乐，60分。

“近年来，我不止在一个地方听到有人在谈论北大公益讲座，同时也在运用北大公益讲座的理念，面对生活与工作中的发生，让许多人的日子因此轻松快乐了起来。这说明我们大家都在做同一件有意义的事情。人生就是这么简单，快乐就好。如果在我们接受生命终点的‘高拷’（“高拷”，是我们课程的一个特别环节。）时，都能拿到满分的话，那么，丫山就会成为名副其实的‘乐山’了。

“我相信，随着丫山的发展，一定会吸引一批有特殊造诣的国际知名音乐家、歌唱家、艺术家来丫山访问，在丫山演出，举办各种培训班，也一定会有很多学生慕名来到丫山，跟随艺术家们学习。这样，丫山就会成为仙乐飘飘的‘乐山’。

“而且，我们还希望将丫山打造成一座‘学山’，汇集中西文化之精华，聚集一批顶尖学者，来到这里以做学问为主。丫山将来一定会成为一个养生养老的胜地，所以我们相信，必有智者为健康长寿而来，在享受自然与人文完美融合的世外仙境的同时，在这里开设道场，传播人文精神。我和梓林学长会用我们的做到，证明给大家看，到我们六七十岁时，身体素质不一定会输给四十岁人哦！

“其实，我们丫山人的目标，并不刻意去追求财富，而是希望带领大家赢得幸福感和荣誉感。经济学研究表明：人的幸福感只有20% 来自于物质，而 80% 是来自于精神和文化。设想以后我们 90% 甚至 100% 的村民，都是北大公益讲座的志愿者和光明圆融善的传播者，满山遍野都是蓝衣天使，那是多么了不起的事啊！这的确是值得我们去追求的一种精神境界。”

向阳学长在三阶分享会上的这段发言，描绘出了丫山的发展蓝图，展现出的深层次精神追求与北大公益讲座倡导的理念竟是如此的高度一致。这让我们共同见证了：经过长期的寻觅，北大公益讲座终于选择落地丫山，与丫山同行。

与丫山人一样，北大公益讲座从一开始，就崇尚“工匠精神”，这体现在我们坚持“尽善、尽美、尽心”地去做好每一件对人有帮助的事情上。我们注重每一个细节，追求完美和极致，不惜花费时间精力，孜孜不倦，反复修正和改进课程的每个环节，这样一种较真的精神和工作态度，与丫山人在山水之间所做的一切，如出一辙，异曲同工。正是因为有了这种“工匠精神”，北大公益讲座才坚实地走到了今天，把最初9个小时的三阶，逐步扩容到了今天有30个小时丰富内容的三阶。

丫山追求的“生态养老，精准扶贫”，与北大公益讲座志愿者祈愿的“身心灵自修，让文化入乡”的愿景不谋而合，二者能在这片三万亩林海的旅游景区相遇，绝非偶然！所以，我们只需用心接受就好，感恩上苍的安排，让北大公益讲座的志愿者有了一处既能享受自然生态，又能享受付出的神奇之地。

相信参加丫山三阶（13期）的学员们，在五天四晚所得到的绝不仅仅是课堂上的授课内容，更有来自于丫山的山水和丫山人身上的品质。借由本次丫山三阶（13期）课程取得的成功，北大公益讲座决定将丫山的“花海客栈”命名为“国际志愿者村”，将丫山的“道源书院”命名为“讲师培训基地”。并确定2016年6月19日，在丫山举办“北大公益讲座第600场暨诗歌音乐舞剧《慧命之歌》首场演出”，同时举办丫山国际志愿者村揭牌仪式。凝聚了丫山讲师培训（2期）和丫山三阶（13期）学员集体智慧的《我们共同走过》丛书之五《道源揽胜》，也将同期举行首发式，丫山讲师培训（3期）也将同日启动，可谓是“四喜临门”。

《道源揽胜》中的所有文章，都是围绕丫山和北大公益讲座而作的。书的标题和副标题，来自北大公益讲座原创的两首歌的歌词。其创作灵感，出自丫山天梯台阶的岚雾，出自九成山舍微风轻摇的灯火，出自怀云茶亭的极目远眺，无尽的灵感被青山绿水一次又一次激发，如同卧龙谷的十八叠瀑布，奔流直下。而关于丫山的原创诗与歌，以及丫山国际志愿者村的建设和“文化入乡”的奇思构想，也随之形成，并不断得到完善。

夏雨轻风

2016 年 6 月 19 日，北京大学公益讲座将走进第 1950 天，这一天，必将成为讲座发展史上最重要的里程碑之一；这一天，丫山的漫山遍野、乡间小道都将活跃着蓝色志愿者灵动的身影；这一天，一首关于生命觉醒的诗歌音乐舞剧《慧命之歌》，将完全由丫山的志愿者在“国际志愿者村”的活动中心唱响。而这本《道源揽胜》，也将作为北京大学公益讲座第 600 场的贺礼，并同时成为未来每一位莅临丫山旅游观光的游客了解丫山的枕边书。

作为本书的主编，我要感谢参与本书创作的全体志愿者，感谢当代中国出版社。

祝福神奇而美丽的丫山！祝福“国际志愿者村”！祝福北京大学公益讲座的全体志愿者！

诗歌能够创造生活的美，
完美的生命不能没有诗歌。

2016年6月13日
深圳

诗，诗人，诗意人生

6月9日，恰逢丙申年的端午节。作为中国的传统节日，民间有各种活动，其中最普遍的是每家每户都要吃粽子，以此纪念伟大的诗人屈原。在台湾，这一天还被称为“诗人节”。于是，“诗人节”走进“诗的世界”，是我们这次宝岛行收到的一份特别的礼物。

每一个发生，都是上帝的一次邀请。在6月8日的“2016京台社区发展论坛”晚宴上，我们几位北大公益讲座的志愿者选择了唯一的素食桌，席间巧遇台湾诗人蔡富澧先生，他是此次“2016京台社区发展论坛”合作机构之一的台湾原乡文化协会暨社区发展协会的秘书长。梓林学长赠送了一册他的专著《诗与远方》之后，我也送上了我的专著《春潮如歌》。于是，我们就文学与诗歌的话题，开始畅谈，彼此都有一种相见恨晚的感觉。蔡先生热情地承诺第二天亲自到台北车站接我们，并赠送他的个人诗集与散文集，我们欣然接受了他的美意。

由于原定翌日上午在台北圆山大饭店的约会临时取消，我们改乘午间的高铁前往台北。临上车之前，蔡先生发来微信："今天下午齐东诗舍有活动，可有兴趣前往？"这让我们喜出望外，当即答应了。到了台北，蔡先生冒着大雨，在台北高铁站迎接我们，见面就说，我们先去诗社，再去圆山大饭店办入住，因为活动已经开始。

跟随蔡先生，我们走进了位于台北济南路二段齐东街上的一幢日式老建筑——齐东诗舍。

门口的木刻门牌，很是醒目，诗人节的通告，也做得很雅致。玄关处，整整齐齐地摆满了鞋子，我们穿着袜子，尾随而入，诗会正在进行中。只见窗边，榻榻米上坐满了人，柔和的灯光下，一位身着麻布长裙，梳一条辫子的女子正在透过投影，轻轻地讲解着她的新书、画作与诗歌。后来我们才知道，她就是台湾著名女诗人：琹川，她带来的演讲是《站在年轮上写诗的人》。

环顾四周，放眼望去，这日式的建筑楼顶颇高，落地的玻璃隔墙，使得室内的采光十分充足，室外清新的绿藤爬满窗格，和煦的阳光洒在绿植上，也洒在我们的身上。大家就这么自由自在地席地而坐，在这样的环境中，人的心神一下子沉静了下来。突然感觉，此刻的人轻盈无比，心无旁骛，犹如窗外那一滴滴湿漉漉挂在树叶上的水珠，浑圆饱满，晶莹剔透。

上半场演讲结束后，听众即兴上台朗诵。蔡先生也兴致盎然地吟唱了一首琹川的诗，以纪念诗人屈原。

让人特别感动的是，有一位年轻的母亲，带着自己三岁的女儿，分享她出版的个人诗集。她说："我感觉这本书，不是我一个人写的，而是我们一家人成就的。首先，我要给大家分享的是：《小父亲》。

"父亲生病以后 / 身体就变得小小的 / 我把他放在我上衣的口袋

里面 / 走路带他去上班 / 小小的父亲慢慢地向上爬 / 真的是很慢 / 但是他尽力向上 / 一公尺 / 三公尺 / 五公尺……”我们感觉到这位妈妈在哽咽中的停顿。

“我渐渐看见了他 / 然后 / 一个跌停落下 / 我接住了他 / 那是我深爱的小小的父亲 / 黄昏时分 / 我带着他回家 / 变得小小的父亲 / 还是一样在我的手里 / 在我的心里！”

淡淡的闽南乡音，朴实的儿女情长，呢喃细语的诉说，让我们仿佛看到一帧帧感人的生活画面。

在这么祥和美好的环境中，我们也现场献上了北大公益讲座原创散文诗朗诵《去去就来》，以这样一份对生命的理解，来表达我们对伟大诗人屈原的怀念，也体现了我们对诗歌的理解：诗歌能够创造生活的美，完美的生命不能没有诗歌。

当我们邀请全场听众一起来朗诵诗歌的后半部分时，听到了三岁女孩稚嫩的童声：“去去就来，去去就来！”虽然她只会这一句，但那把纯真的声音，深深烙印在我们的心底！伟大的生命，总是活在死后。只要相信人生都是去去就来，对于当下的了解，就会更加透彻。

诗人节的精彩分享还在继续，鹤发童颜的儿童诗人林焕章先生，是台湾文学界的知名人士，今年已经 77 岁了，他带来的演讲是：《蹲下来，回去看童年——为儿童写诗》，听到他的介绍，我们才知道现在大陆小学课本中的《影子》，是他 50 年前的作品：

影子在前，
影子在后，
影子常常跟着我，
就像一条小黑狗。

影子在前，

影子在后，
影子常常陪着我，
它是我的好朋友。

他还给听众讲了许多写作中饶有趣味的小故事，不断引发大家会心的一笑。

时间关系，我们恋恋不舍地离开了诗会，来到紧邻的“台湾诗人手迹博物馆”，不要小瞧这个不起眼的小屋，这里珍藏着台湾一百多位著名诗人的手稿。依然是日式结构的建筑，在看来逼仄狭小的格局中，每一处细节都似乎在诉说着诗人的情怀。走廊上有一整面的磨砂玻璃，蹲下来仔细去观察，其中居然有三块玻璃上刻有诗句：

只要天空还有一抹蓝，就有诗
如果人不写诗，鸟来写
鸟不写，风来写
风不写
……

是啊，有一首耳熟能详又富有诗意的流行歌曲叫《冬季到台北来看雨》，其实，来台北看雨，哪里只是冬季。2016，这样一个潮湿的夏季，因约会临时被取消，有了一次与齐东诗社相遇的机会，原来是老天爷的另一个安排，谁说这后面没有更大的安排呢？老天让我们在“诗人节”走进了“诗的世界”，要给我们什么样的暗示呢？

齐东诗舍是一栋日式的老建筑，后来成为国民党军队一位海军将领的官邸，如今在文化部门和社会力量的资助下，成为一个民间的公益场所，让爱诗和写诗的文学人士，都聚集在这里，以诗抒怀，以诗言志。

齐东诗舍，让我们再一次体会到安静的力量。有人曾说，一个民族没有诗，灵魂就会寂寞。我们的现代生活如果没有诗，要那么多的物质消费干什么呢？而说实在的，诗的消费，才是最奢侈的消费，而且超级的低碳环保。

这一趟宝岛公益行，从 6 月 4 日出发，10 日返程，志愿者的足迹遍及台北、基隆、高雄，又回到台北，在行走中，我们见证了台湾人的温良敦厚，领略了台湾的文化底蕴。

去去就来，我们一定会再来……

"和平之路"就是"回家的路"。

2016 年 7 月 22 日
深圳

和平之路

——二度清迈义工行

时隔一年，又是在炎夏七月，我穿着同一套衣服，拖着同一只旅行箱，走过相同的路线，乘坐香港快运航空的同一航班，再一次在夕阳洒满大地、万物镶上金边的黄昏时刻，抵达泰国第二大古城——清迈，参加第六届世界青年佛学研讨会。

下了飞机，在等待入境的关口，就见到了十多张熟悉的面孔，大家都曾经参加过去年在清迈举办的第五届世界青年佛学研讨会的义工服务，这次也是提前到达，为大会做前期的会务准备。

一年后的异国重逢，让人感到格外亲切，即使说不出对方的名字，大家也会心地点头致意。在排队的当下，有相熟的义工兴奋地与我分享："在去年世界青年佛学研讨会的颁奖典礼上，你朗诵的那首《去去就来》让人难忘，回味无穷，我们一直记忆犹新，这四个字时常挂在嘴边，现在果然是‘去去就来’，一转眼大家又在清迈相聚了。这次你会朗诵哪一首呢？”

“针对大会今年的主题，我准备了两首诗，正在等组委会讨论确定呢！”是的，当了解到第六届世界青年佛学研讨会的主题是“和平之路”时，我禁不住拍手赞叹。出发前，已经请专人将《回家的路》《一切都会过去》这两首北大公益讲座的原创诗歌翻译成英文，配合大会修改了视频版本，随时备用。因为，我笃信：“和平之路”就是“回家的路”。

世界青年佛学研讨会已经走进第六个年头。2011 年 8 月，缘起于海拔 4000 多米高的雪域高原，透过学员和义工们的做到，第二届便走进了现代化国际大都市香港，与香港教育学院合作，连续在港举办了三届；之后，继续前行，得到泰国摩诃朱拉隆功大学的支持，走进了佛教兴盛的泰国，这届也是世界青年佛学研讨会连续第二年在泰国举办。

世界青年佛学研讨会本着“开放、包容、求真、利他”的原则，旨在促进不同宗教、不同佛教宗派以及非宗教人士之间的深度交流，重点关注世界各地大学师生的心灵成长，希望在年轻人的心中，广播良善的种子。随着世界青年佛学研讨会一届一届的成功举办，影响力逐步扩大，关注度也逐年递增，今年的学员报名人数创下历史新高，900 位来自 23 个国家和地区的知名学校和研究机构，讲着 17 种语言的专家、学者和年轻的学子们，参加了本次盛会。

作为学员，我参加了 2013 年在香港举办的第三届世界青年佛学研讨会，大开眼界的同时，留下了美好的回忆，特别是义工们无私的付出，让人感动，期盼有朝一日，也有缘付出。心想事成，果然如我所愿，2015 年，我收到承担礼仪组组织工作的邀请，义不容辞，便踏上了清迈之旅。

而2016年的这一届，我同样是被安排负责礼仪组，让人欣喜的是，综合总结去年的各项经验，礼仪组增加了四位“小伙伴”，其中两位是男生。这是基于泰国僧侣文化中严格的戒律：不能与女性进行任何的接触，不能直接从女性手中接递物品。所以，南传佛教的僧人，一定安排由男生接待。

会议地点依然是泰国清迈国际会展中心。7月10日，全体会务组人员准备入场。走进熟悉的会场，听着熟悉的会歌，见到从四面八方赶来的熟悉的义工伙伴，一股自豪的喜悦之情从心底升起，感谢自己的决定，再次来参加世界青年佛学研讨会的服务，虽然我清楚地知道，接下来的几日，艰苦的工作在等待。

这次的礼仪组中，不乏新人，他们是第一次接触礼仪工作，年纪从00后到60后，难得的是大家都有一颗愿意真诚付出的心。面对缺乏实操经验的现状，我首先邀请礼仪组中来自新加坡的、资深瑜伽教练少谆老师，带领大家进行“体型站姿培训”，并传授“如何久站不吃力”的窍门。

不一会儿，礼仪组所在的练习区域，成为会场内一道最亮丽的风景线。同传组的负责人走来问我：“您知道我们经常要上台同声传译，站姿很重要，可否来参加你们的培训呢？”“当然欢迎！”于是大家脱了鞋子，依照要点：后脑勺、臀部、脚跟三点紧贴墙面，排排站。坚持这看似简单的站立姿势不到五分钟，汗水就顺着大家的脸颊、发根往下淌。同传组的一位美国教授，贴墙站不到一会儿，便说：“这比翻译还难！”这时，摄制组也跑来“凑热闹”，用镜头记录了大家排练的花絮画面。

礼仪组不仅要培训站姿，还要练习走路、迎请嘉宾、转身、端托盘、递送奖品，如何以最优美的身姿上下舞台等动作，我组织大家分步骤演练，根据每个人的身高、状态，安排具体的工作岗位，并将北京大学公益讲座志愿者服务的六字箴言带给礼仪组，希望大家在义工服务中也能贯穿“专注、谦卑、喜悦”的精神。

紧张忙碌准备了两日，时光转瞬即逝。7月12日上午8:30，两位身着华丽泰服，举止端庄大方的礼仪人员面带微笑，优雅地推开了泰国清迈国际会展中心的大门，全体到会代表起立迎请嘉宾入场，第六届世界青年佛学研讨会就此正式拉开序幕。

本届世界青年佛学研讨会围绕主题“和平之路”，通过“南传佛教和平观”、“北传佛教和平观”、“藏传佛教和平观”三个专题进行研讨，其间穿插“跨宗教对话”、“主题演讲”、“微演说”、“慧晤”等多个不同形式的板块，让人耳目一新，受益匪浅。台上的嘉宾讲得深刻入心，台下的学员听得聚精会神，整个会场氛围良好，时时激荡起思想的浪花。

让人惊喜的是，2013年世界青年佛学研讨会上，给我留下深刻印象的著名科学家——香港理工大学荣休校长潘宗光教授也受邀出席本届研讨会，更让人喜出望外的是，在潘教授做完主题演讲，与台下学员互动答疑的环节中，我被指派上台做他的粤语翻译。担任香港理工大学校长18年的潘宗光教授，曾两次获得诺贝尔化学奖提名，作为一位受人尊敬的科学家，他从不否认自己的宗教信仰，并坦诚地与大家分享，自己是从天主教徒转为虔诚的佛教徒。他透过大量的数据、科学的理论诠释着佛教与科学之间的关系，并坚定地告诉我们：“当科学家不停地向前赶时，佛陀已经在那儿等候多时了。”

事实上，每一届的世界青年佛学研讨会都会有新的亮点。这次，来自国内多家媒体的八位知名主持人，倾情奉献，友情登台。他们针对不同环节，配合风格迥异的嘉宾们的睿智演说，精准诙谐的串词介绍，烘托得现场气氛更加庄严而热烈。

世界青年佛学研讨会从2014年开始，设立了“理想地球论文大赛”，鼓励大家勤奋写作，深入研究生活中的佛法。2015年又设立了“微演说”环节，会前通过层层筛选，再进入大会现场决赛。而今年的参赛选手更加国际化，多元化，其中不乏背景深厚的中外著名大学的学者。当北京大学哲学系的博士生上台参赛时，作为北大公益讲座志愿者的我，倍感亲切，不禁在心底里为她喝彩；而两位非洲学生，用流利的中文和母语做双语演讲时，更是赢得全场热烈的掌声。

通过四天的学术探讨，各宗教之间的深度沟通，大家一致地认为，真正的和平之路始于脚下。所有的宗教都在倡导人们追求善，传递爱，对宗教的认知让人类有了修的准则，而行的动力来自于人心，只有每一位个体生命构建内在的和平，家庭才会和睦，社会才会和谐，世界才能和平。

正在研讨会进行得如火如荼的时候，7月14日晚，发生在法国第五大城市尼斯的恐怖袭击，唤醒了沉睡中的人们；7月15日晚，横跨欧亚的土耳其突如其来地发生政变，撕裂了大家的心。流血、冲突、惨叫、痛哭，残酷无常的现实在质问：这个世界到底怎么了？人们在追求什么呢？这些是我们真正的要吗？这次大会的主题“和平之路”，早在2016年1月就已经确定，非常具有前瞻性，真实地道出了人类的心声——世界为什么需要和平？如何控制各种欲望的野蛮生长呢？这些都是值得探讨，但又没有统一答案的问题。

经典有云：“人要有境才能修”。一个人好，是不够的，需要大家一起修行，从个体的改变，衍生到环境的改变，世界大同，也就不远了。这届世界青年佛学研讨会经过长时间的筹备，嘉宾、学员，加上100多位来自全球各地参加服务的义工，近千人在踏上清迈之旅时，已经构建了一条和平之路，在这个时空下，大家共同创造出一个善的大环境。

出发前，我收到不止一条微信，希望关照礼仪组的小伙伴，特别是那些年轻的生命，有的是靠亲戚资助才得以出行，有的是跟着父母亲前来参加服务，目睹这样一种善的传承，让人真心感动。义工队伍中，有不少是高级知识分子，自费从英国、法国、瑞典等地赶来。在这里，所做的只是租一辆摩托车，戴着头盔，吸着尾气，随叫随到，穿梭在清迈的大街小巷，帮手采购各种急需的会务与生活物资；或者在会场干着极其琐碎的杂事，复印、搬移道具，迎来送往，一些普通平凡，又简单重复的工作；由于今年更加国际化，同传组的任务也更重，二十位同声传译的翻译，注意力高度集中，每 30 分钟轮换一次，还要应对现场突发的不同语种的切换。会务组的伙伴每天都会提前准备丰盛的膳食，即便是全程素食，都能感受到那份暖暖的爱与关怀。上台分享的义工，会谦卑地走来请教，如何在台上鞠躬行礼，甚至关注在起身的那一刹那，如何借机整理好自己的头发。外出去清迈拉查帕皇家花园禅修的过程中，近千人的鞋子、手袋整齐摆放在走廊上，没有半点凌乱。大家都以一颗虔诚纯净的心在维护这个善的环境，每个人都因付出而绽放着生命的光彩。

7 月 15 日，世界青年佛学研讨会接近尾声，我看到礼仪组的小伙伴们有些“花容失色”，有的感冒发烧，有的脚踝肿大，每天高强度工作 15 个小时，睡眠极度不足。但是在礼仪组的重头戏第六届世界青年佛学研讨会闭幕典礼暨颁奖典礼上，大家打起十二分精神，认真对待每一个细节以及过百个奖项，根据事前编排，有序地穿插走位，并在舞台上展露最美的笑容与风采。在颁完最后一个奖项时，礼仪组的伙伴们忍不住抱在一起，击掌庆贺——圆满完成任务！

7 月 16 日上午，我带领礼仪组完成了在清迈大学的服务，回酒店收拾好行李，美美地睡了一觉，醒来之后，直奔清迈机场。抵达香港已经是凌晨 12 点，接近午夜两点时，回到深圳家中。

生活在继续，生命在延续，让我们共同祈祷世界和平，祈祷我们的国家、我们的民族、我们的社会和谐；祈祷每一个家庭和睦；祈祷每一个生命自己与自己和平相处。

在重复中创造生命的效能，
让自己更好！

2016年9月1日
北京诚盈中心北京慧至堂

再来一次

“讲有关生命品质的课程，是不能收费的，不仅不能收费，还要给每一位走进课堂听课，接受我们服务的听众送礼物。

“如果你们不来，我对着墙壁讲十分钟，就讲不下去了，所以，真的很感谢听众的到来。

“如果大家做不到，我在上面讲得再好，还是没有力量，所以，要用我们的做到，证明我们全部的说是真实不虚。也正是因为我们还做不到，所以北大公益讲座力图创造这样一种环境，大家可以一起来做，做对人有帮助的事，在做的过程中，让我们自己变得更好。”

这些耳熟能详的话语，已经在我的耳边萦绕了无数次，然而这一次，在这儿听到，却格外不同，因为，北京大学公益讲座自从2011年创办后，历经五个春夏秋冬，在中国的大江南北行走了2020

天，终于在北京朝阳区望京诚盈中心有了自己的基地——北京慧至堂。这个可以容纳 100 人听课的会议室，就在 5A 级写字楼的六层，楼下就是地铁 14 号线的来广营站，整个商业建筑群，功能齐全，服务设置完备。

北大公益讲座创办初期，网络社交流行 QQ，我们建立起“慧至堂 QQ 群”。2013 年开始，微信的横空出世，为交流创造了无限广阔的空间，越来越多人在关注微信公共平台的每日报道，而各地的志愿者在这个虚拟的网络空间里，建立起了自己的心灵家园，实现了可以随时随地“回家看看”的便利。

2016 年 8 月 31 日，金秋十月，晴空万里，一个平凡的周三，下午两点三十分，诚盈中心“北京慧至堂”正式试用，开讲第一阶“从生命到慧命”第 302 期（总第 618 场）。来自北京、深圳、济南、石家庄、廊坊、南昌的志愿者从各地赶来，共同见证北京实体慧至堂的落地，心的家园的诞生。

我们特意为参加这次课程的听众准备了礼品：《我们共同走过》丛书之《诗与远方》《春潮如歌》《繁星点点》《道源揽胜》，以及梓林学长的代表著作《王朝投影》《落地无声》。赠书的落款是“2016 年 8 月 31 日”，以此纪念这个平凡而又非常有意义的日子。

梓林学长的母亲、81 岁的缪凤现学长，见证了讲座从无到有的发展历程，她的分享，着实让人感动。她花白的头发，苍老的皱纹，稀疏的牙齿，拿着麦克风的手，微微有些颤抖，但那份从心底里散发出来的慈祥笑容，感染了在场的每一个人。

“课程创办那年，孙子才 3 岁，我都 76 岁了，他每天从保育院回来，都马上跑到我这边来干活：梓林写来送给听众的毛笔字，女儿盖章，我折叠，孙子装信封，每天几十张，一下子就装好了，看到 3 岁的孩子这么喜欢做事，我们都好开心。这五年多，不管刮风下雨还是下雪，儿子不断地外出开课，慢慢地我理解了他。

“现在我们全家都来做公益讲座，好团结。去年，我老头走了，梓林就给我讲——‘去去就来’，我也不怕了，也开心。梓林怕我在家闷，去年一年带着我坐飞机，去了全国14个地方讲课。

“我看到越来越多的人听完课之后，快乐了，家庭也好了，我这个当妈的也开心，现在我也给大家鞠躬。

“今天北京也有了自己的慧至堂，开课好方便，我这么老了，能来我都来，希望志愿者们经常回家，一定会越来越好。谢谢！”

听着缪学长真情的分享，大家不禁红了眼眶，被这份朴实与谦卑所打动。

原定三小时的课程不知不觉延长了半小时，课后分享会也是精彩纷呈，大家带着不舍离去。

上课途中，学长给我发来微信：刚才你朗诵《去去就来》散文诗里面，“光明可以穿越三界，抱着相信，带着至慧重返，只是去去就来”，这一句诗中，“至慧”是故意这么写的，还是写错了？

课后，又有学长告诉我：“听了这么多堂课，我刚才听到你分享朗诵的《生命的存在》，今天才真正进入了，对身体对生命有了有觉察，这段实在太好了，我今天终于体会到了……”

当我回复“至慧”的问题时，那位学长告诉我：我听了这首诗歌好多次，今天听到课程的最后，明白了“至慧”的含义。

是的，这样一堂滋养人格和教养的课程，来听多少次，才能都听到呢？怎样才算是都听懂了呢？怎么样才是可以毕业呢？

这样的问题曾经也有人问过，我们能给予的回答是：再来一次，再来一次！做到才是真正的听到、听清、听懂。因为，到了才知道，知道了，还是没有到！

“北京慧至堂”正式启用，唯一的目的就是为北大公益讲座提供一个专用场地，不断持续开启第一阶“从生命到慧命”和第二阶“光明圆融善”、定期举办“志愿者分享会”、不定期上演诗歌音乐舞剧“慧命之歌”，在同一主题框架下，不断重复，再来一次，再来一次，在重复中创造生命的效能，让自己更好！

时间的管理与利用，
因不同的生命所做出的不同选择，
而创造不一样的结果。

2016 年 9 月 9 日 5:00
北京望京

秋日晨语

9 月 8 日凌晨，4 点半就醒了，第一时间去感知自己的喉咙，居然没有了丝毫的痛楚，不禁为昨日采取的“自我治疗”感到欣慰——人的身体真是个奇妙的殿堂，等待我们去开发，而身体具有的自愈功能，让一切都会过去，当然，需要我们对自己的身体有足够敏锐的觉察和了解。

事发昨日晨起，嗓子眼剧痛，心中疾呼：糟糕，我不能中招，过两天还有课程！当即决定采取保守疗法，断食一天，只喝开水，偶尔含点海盐粒，用风筒吹颈椎穴位，直到颈部发红，背部出汗。

这些都是跟随北大公益讲座常年出行中，掌握的自救小偏方，尽量不使用药物，而且只要相信并坚持去做，疗效显著。就这样，昨天我一直在不停地喝水，到了傍晚时分，感觉体力不错，又去健身房做了一小时有氧运动，大量地出汗，大量地补充水分，并没有强烈的饥饿感。那一刻，我仿佛听到了自己体内的声音：嗯，你是对的。其实，你并不需要进食，就让脏器好好地休息一天吧！

而现在，感受着舒畅的喉咙，加上昨天运动后，充分伸展的四肢，轻盈的身体，无比的惬意。拉开窗帘，天地间还是一片混沌暗沉，想起昨晚的那场阵雨，十分期待明丽清朗的天空！

打开手机，微信朋友圈已有红点显示，5 点整，梓林学长已经发布了第一条消息《中华有为，世界大同！》，这篇是备受尊敬的 72 岁华为公司创始人任正非先生，深夜独自一人在机场排队，等候出租车的相关延伸报道。常常，梓林学长会在自己的个人相册中，推荐分享丰富多彩的好文给大家。近日，他实时报道出访韩国，走访安东大学，参加中韩儒学人文交流的图文系列游记，受到了各地志愿者的密切关注。

再往下拉，“科瑞六君子”之一的彭中天老师个人相册上，在 4:13 发布了第一条消息，两分钟后，他发布了第二条。而下面的点赞者，除了有梓林学长，还有丫山景区创始人、大余 000 志愿者唐向阳学长。

微信的确改变了我们的生活方式，不仅实时传递着个人的文化品位和诉求，也无意间透露着个人的生活习惯。细细观察，不禁让人感叹，这些“业已就”的成功人士，都有一个卓越的习惯：早起！

曾听过一位学长的自我介绍，让我印象深刻。他说：我每天早上 5:58 起床，已经坚持多年，因为李嘉诚先生每天 6 点起床，我要求自己起得更早一点，因为我知道，成功绝非侥幸……

是的，时光的脚步追逐着生命的成长，在日月星辰的轮转更替之间，我们每个人每天都拥有 24 小时，这分分秒秒的时间管理与利用，却因为不同的生命所做出的不同选择，正创造着不一样的结果。精进纯粹是个人的生活态度，坚持并享受前行的过程，才不负岁月的雕琢。

而在查看阅读微信的当下，窗外的天色渐明，如烟般晕染的灰蓝色云朵在天空飘浮，而太阳的光芒瞬间穿透云层，引发光影的穿梭，灰蓝色的云朵眨眼渐变成淡蓝色、白色，整个天地顿时光明清晰起来。

抓起手机，抢拍下这刹那变幻的影像，拿起笔，记录下这点滴灵动的思绪，秋日清晨的第一缕阳光透过窗帘悄悄地洒落在客厅的地板上，静静迎接全新的一天，早安！

生命的过程，
如同大自然孕育的河流，
总会在因缘俱足的时候，
有所交集，又各自奔向前方。

2016年9月17日
丫山国际志愿者村

匠心独运　月圆人和

8月22日发表《楚湘风·一别深圳》之后，我离开了生活15年的深圳，由此引发众多朋友的不解："你毅然决然选择离开深圳，这里还有那么多的朋友和回忆，没有不舍吗？"

我淡淡地回答："不存在不舍，只是随缘。"人，终究是在努力之后，各随各的缘分，生命的过程如同大自然孕育的每一条河流，都是蜿蜒崎岖、绵长曲折的，总会在因缘俱足的时候，有所交集，又各自奔向前方。

离开深圳，我不再需要装模作样地让人觉得我拥有很多友人，而是真心地开始独自享受属于自己的生活。而且有北大公益讲座，有微信，我不会因为丫山远离城市而感到寂寞和空虚，相反，会在独立自由的时空中，一直与志愿者在一起，让自己过得更充实。

9月13日，从北京飞广州转动车，我再次踏上了深圳的土地。

当列车驶过深南大道，看着熟悉的街道，林立的大厦，喧嚣的车站，忙碌的人群，一张张若有所思、踌躇满志的面庞，再次强烈感受到深圳特有的紧张急促的生活节奏，仿佛从此场景中看到了昔日的自己——这个日新月异、快速变化的城市，似乎与我们有着密切的联系，却又好像没有半点瓜葛，人兀自在这儿上下浮沉、随波逐流。

回深圳的消息前日发给了吕静，马上收到了她的回复："住我家吧。"简单笃定的四个字，却道尽了我们之间的情谊。

我俩因 2012 年 2 月 11 日走进北大公益讲座课堂，从此结缘，双双成为志愿者。在深圳推广课程过程中，我们从相识到相伴，继而相知，携手走过了五个春夏秋冬，被大家称为"深圳姊妹花"。

每次参加志愿者的外出服务，是我们最开心的日子。两次东渡日本我们都结伴而行，今年又一起参加了"台湾公益行"。在吕静的身上，我感受到企业家的智慧，志愿者的放下，女性的时尚柔美，她纯真灿烂的微笑被誉为"北大公益讲座志愿者的招牌笑容"。虽不能日日相见，但是我们之间，心灵的交流从未中断。我常常会因为她坦诚真实的分享，直截了当的提醒而肃然起敬。

这一次我也欣然接受了邀请，来到吕静位于香蜜湖畔，历时三年重新装修的住所。甫入门，就被简约大气的设计，舒适巧妙的布局所吸引，蕴含禅味的线条，透露着低调内敛的奢华，卓越一流的选材做工，彰显着高雅不凡的品位。

偌大的房子，洁净温馨，全是吕静亲力亲为整理打扫。这天为了迎接我的到来，她特意下厨，亲自烹饪。有机生态食材，营养搭配有序，色香味俱全，仿佛艺术品般让我们不忍心"下手"。我们品着粉色的香槟，提前互致中秋祝福，戏笑曰："静静的厨房终于开张啦！现在，吕静不仅是女神，还是厨神，因为你是双口吕！"

晚餐后，我们驱车赶去参加"惠科集团 2016 中秋晚会"。事实上，惠科中秋晚会已有 20 年的历史，每年的中秋前夕，公司都会组织全体员工欢聚一堂，载歌载舞，表彰先进，展望未来。其最大的特色是在惠科工业园内搭建舞台，四川话俗称“大坝子”。随着生产规模的逐渐扩大，大坝子里容纳的员工也越来越多。

这晚进入园区，只见人头攒动，熙熙攘攘。由于我常常参加惠科的大型活动，不时都会有熟悉的员工与我打招呼。

今年的中秋晚会主题是“匠心独运”，果然，我们感受到了巨大的不同。各个部门都使出了浑身解数，展现本职工作之外的个人风采，看到这些年轻人透过艺术的表达绽放出来的生命活力，着实让人感动。让我们惊喜的是，一群参加了“北大公益讲座 600 场庆祝活动”的惠科志愿者，集体朗诵了讲座的原创散文诗《我是一条小河》《假若自由明天来临》；又用现代舞的形式，演绎了惠科版的《灵魂的求诉》；最绝的是研发部自编自导自演了《惠科新闻联播》，看得董事长——吕静的先生王智勇不禁竖起大拇指：“这个节目要得（四川话），真不错！我们的同事们实在太有才了！”吕静的母亲也啧啧称奇，好一通大赞。吕静冲着人事部总监高总打趣：“要得到我妈的表扬，可是不容易的噢，高总，你这次真的用心了！”

回家的路上，吕静对我说：“看到员工们这么尽情地享受生命的精彩，比我们赚多少钱都令人高兴，我愿意为他们搭建一个好的平台，财富名利迟早都是要交出去的！”

是的，吕静夫妇白手起家，创业 20 年，一路走来，靠的就是脚踏实地做好每一件事，用心对待每一位员工和有缘人，坚持不懈推陈出新，用工匠精神打造每一件产品，才成就了今日事业的辉煌。

而吕静近年来逐渐淡出商业，投入大量时间专注于北大公益讲座，将讲座与公司文化紧密结合，在带领大家创造物质财富的同时，追求更充分的幸福感。她谦卑地用自己的做到，证明自己认定的这项公益的命业，是正确的选择，并愿意让自己成为土壤，成为环境，默默地在后面支持大家的成长，这是让我尤为感动和敬佩的。

有感于吕静夫妇的人品与事业，梓林学长在吕静生日时，以他们夫妇名字提了一联，征得同意，作为此文的结尾：

口口相传静水深流大爱无疆；

日日创新智能双全王者归来。

夏雨轻风

2016年9月15日
丫山国际志愿者村

在追月的过程中，
享受着生命的自由自在。

9·15 追月

2016年8月22日，我出走深圳，正式定居丫山，28日到达北京。原定9月4日大连开讲，庆祝北大公益讲座五周年暨《志愿者之歌》诞生五周年，但重返大连海事大学的课程因开学季等原因临时取消，我就在未名湖畔待了数日，并赶上了“北京慧至堂”的启用。

9月13日，以丫山国际志愿者村村民的身份，我再次回到鹏城，参加吕静学长公司主办的惠科电子2016中秋晚会。而深圳这座城市在我心中已然更加亲切，是谓：距离产生美！

9月15日，中秋节，我要回家了。上午10点，从深圳北站乘坐高铁，一个半小时就到了韶关。没好让志愿者来接，因为大家都要过节，所以自己打车回丫山。这条高速公路，不知走过多少次了，这次的心情却很不一样，这是回家的路，随着车轮的飞转，每一秒都让我的心离家越来越近……

走进丫山，遇到的每个人都是笑意盈盈，热情洋溢，尽管有些人我真说不上名字，他们都会送上一句：“唐岚学长，欢迎你回来，中秋快乐！”我由衷感受到家的温暖和作为丫山人的幸福感。

回到道源书院，韩磊学长已准备了简单午餐，接下来我们两人复习和准备第一阶课程“从生命到慧命”，这是我与韩磊学长首度合作。9 月 4 日韩磊学长去北京“赶考”，在“北京慧至堂”试讲，成功“通关”，按照梓林学长的安排，今后我们俩在丫山开课，将成为新常态。

晚餐后，开车上九成山舍。天街台阶，丫山的姑娘们已经为客人搭建了赏月台，卡拉 OK，月饼、水果，丫山特色小食，用柚子皮制作了趣致的小台灯，和谐的氛围下，已经有不少游客在仰头期盼十五的月亮。忽然，一阵细雨飘来，月亮趁机溜走了，客人们也悻悻回房。

在我们不知接下来该做什么的时候，韩磊学长提议开越野车去追月亮，立刻得到了大家的赞同。于是，我们冒着细雨，穿山越野，上了琅琊飞云阁。嘿，雨停了！在此俯瞰大余县城，星光点点，扑朔迷离，远处传来九成山舍倩女的袅袅歌声，别有一番世外桃源的韵味。我们顺势爬上车顶，要去追拍十五的月亮。只那一刻，云在天上飘逸，好像面纱，一会掀起一会低垂，让人琢磨不定，我们在心中呼唤：月亮啊月亮，你怎么还不出来？不一会儿，她果真就来了。

这时，耳边传来 UTV 越野车的轰鸣声，一眨眼，两辆车好像黑夜骑士一样，英勇迅猛地窜到我们眼前，哇！又来了一群小伙伴。

吃着特制的北大公益讲座大月饼，吵着找蛋黄，有人提议，上双秀峰山顶赏月，那里才一览无余。去还是不去，大伙儿犹豫了三秒，就登上车，直踩油门，奔双秀峰而去。

英斌学长怂恿我坐 UTV，我最终还是没有。那车，总结起来就两个字：折腾。但是在野外，UTV 比普通越野车更快更稳。不过因为这车是完全敞篷，开起来嗖嗖地冷，我放弃了！

到达峰顶，需要走一段山路，我们一行 8 人，包括一个 11 岁的小男孩，开启手机电筒，一脚深一脚浅地开始爬山，终于上到了双秀峰顶，大余县城就在前方：万家灯火，映衬着众多家庭团圆的笑脸，公路上，车灯闪烁，照亮了一批批盼望团圆的游子回家的路……

此时的月亮，仍然忽隐忽现，与我们玩着捉迷藏的游戏。月很圆，很近，肉眼都隐约可以看到凹凸的环形山，虽然乌云时而掠过，但还是遮掩不住月亮的光芒：清、亮、透、净。

在追月的过程中，我们享受着生命的自由自在。英斌与韩磊学长指着眼前的一片平地，策划搭建观景台和宿营区。韩磊学长说：特意选择这样一个地方赏月，是因为明年这里将会是另一番光景。

我们把赏月的照片发到群里，梓林学长立即转发到他的微信个人相册，并给我们发来微信："今后，丫山顶上要建一个望月亭，添置多台高倍望远镜，每月十四、十五、十六，供游客近距离看月亮，边上还有过夜的帐篷……"真是英雄所见略同啊。

回到道源书院，已接近 9 点。书院的女孩们正在太极广场练习舞蹈，乌黑的辫子，青色的长衫，飘逸的裙角，在隐约乍现的月光下，在腾转移挪之间，如同一幅有韵律的油画，栩栩如生……

如梦如幻的感觉，这里就是我的家，岚苑就建在附近的万米栈道旁，我生活在这样的仙境，亦复何求。

在竹林摇曳的沙沙声中，我沉沉地进入了梦乡。

清晨，睁开双眼，满眼青绿，粉黛彩虹揉进万里蓝天……此刻，我醒来，知道自己已经在丫山的怀抱里。

每次课程的开启，
看似简单重复，
却是新的轮回，
因为它正在创造不同的开始。

2016 年 9 月 28 日
丫山国际志愿者村怀云茶亭

2% 与 98%

“北大公益讲座最迷人之处，是我们都不知道的那 98%，可以有无限的延伸和可能性。

“北大公益讲座最吸引人之处，是她的广泛性和平民化，只要有一颗向善的心，就可以加入，无分别，无界限。

“北大公益讲座最核心的信念是永远谦卑。我们都是从银河系回来的人了，哪里还敢狂妄，唯有脚踏实地去做，才是真实不虚！”

以上三段话，是我在 2014 年底，跟随讲座三年多时，写下的感想。回顾 2016 年 9 月 18 至 26 日，刚完成的“9 月华南公益行”，期间发生的一个个动人的故事，进一步深化了这些感悟。

“华南公益行”创造了北大公益讲座的多个记录。讲师团一行在 9 天中，从北到南、从南到北，跨越 4440 公里，加上其他志愿者的往返里程数，行程远远超过 5000 公里。这趟公益行首次在两地连续开讲完整版的第一、二阶课程各三期，12 场讲座共计 40 课时（包括因课堂气氛太好，听众要求延长的 4 课时）。

来自于北京、深圳、福州、重庆、石家庄、大余、南康、祁东 8 个城市和地区的 21 位志愿者，先后参加了课程服务。因为是在海南、湖南两省开课，时间跨度大，这样也为更多志愿者参加外出服务提供了更多的机会，其中有三位志愿者是自费出行。有的学长是拿出了自己的年假，全程参与服务。本次出行的志愿者有企业家、高管、公务员，也有普通职员、学生和退休人士，年龄从 17 岁到 60 岁。

这一行 12 场讲座中的原创诗歌现场朗诵环节，几乎全部由新志愿者完成，让人欣慰和欣喜。虽然绝大部分的学长是第一次走上讲台，而且是提前一天才接到“任务”，但大家都用最饱满的热情，积极参与，在志愿者的队伍中，不时传来朗朗诵读声和欢笑声。

海南课程中，来自丫山的四位学长大展才华：张宁、黄成斌学长合作，真情演绎了《假若自由明天来临》；钟芳燕学长仿佛变身为自己的儿女，带着纯真朗诵了《小孩与海》；彭海燕学长不到两个小时，背熟了《灵魂的守望》，现场朗诵时，还可以配合音乐的节奏；南康的刘洁玉学长用处女秀《灵魂的求诉》，作为自己的生日贺礼；从郑州赶来，自费参与课程的李先丽学长告诉我们，在所有的原创诗歌中，她对《慧命之光》情有独钟，她把第一次登台朗诵的美好回忆留在了海南三亚，点燃自己的同时，也把大家给点燃了……

在湖南课程中，丫山的另外四位志愿者再次大放异彩：在张继春学长的带领下，小伙伴们放弃午休时间，迅速突破了最长的一首散文诗《我是一条小河》，四人配合默契，张弛有度，赢得了全场掌声。98 年出生的刘丹学长深情地朗诵了《回家的路》，而年纪最小的 17 岁的谢兰学长演绎了《灵魂的守望》。当她读完“就是这样，从过去到现在，从现在一直到永久”后，就扭过头来，冲着我们甜甜地笑着，完全忘记了还有两句结尾诗词。末了，梓林学长指着谢兰打趣道：这首诗中，“只有纯真的微笑，还会映在春天的桃花沟”，原来写的就是你啊！

丫山的另一位年轻的志愿者瞿蕾学长，在最后一天的二阶课程中朗诵了《妈妈，我想对您说》。她瘦削单薄的身体有点颤抖，用尽全部的气力读完最后一句：“妈妈，我真的——好爱您！”我上台接过瞿蕾手中的麦克风，张开双臂拥抱她，一下子被她紧紧地搂着不放，在我怀里抽泣，泪如泉涌，我的肩头湿了一大片，而台下的听众也是眼角湿润，掌声四起。后来，瞿蕾与我们分享：“因为有妈妈，才有了我；因为有了北大公益讲座的你们，才有了此刻的我。真心感谢大家！”

海南课程中，在我讲第二阶的“如何待己”环节中，提到网络游戏，而跟随讲座两年的全职志愿者赵子沣学长，正是在去年的海南课程中，正式告别了网游。一年之后重返旧地，令他格外喜悦，因为自己已经脱胎换骨。借此机会，我邀请他上台分享这次来海南写下的一篇美文《我在海角，看着天涯》。细腻的笔触，描绘了他的转变与成长历程，特别是当他提到第一天目睹听众的木讷和趾高气扬，仍然能心平气和地接受时，台下竟然响起了一片掌声，相信这些掌声是对子沣敢言的鼓励，以及能够从容面对逆境的欣赏。

在子沣分享自己一年来的成长时，来自福州的陈丽芳学长却是眼泪娑婆。晚上的分享会上她告诉我们：退休前在少管所工作值班时，常常接到一些家长的电话，希望少管所能收容深陷网游的孩子，可见这些家长是多么的无奈。而子沣却有幸在北大公益讲座这样一种环境中走出网游，让自己的生命品质慢慢地变得越来越好，真是令人唏嘘不已。

出行的学长们不约而同地表示，以前自己不止一次在当地听过课程，但外出服务的同时，再次听课，感受完全不一样，每天都有新的收获。因为外出时，是完全脱离了熟悉的生活环境，全身心地投入到课程中。而后面还有个“更大的”在等待，就是每晚雷打不动的课后志愿者分享会：总结一天的发生，分享各自的体悟。

这次海南课程，面对的是国企员工，志愿者从邀请听众调整座位开始受挫，在给听众拍照时遭到白眼和强烈的拒绝，到最后听众在大屏幕上看到现场制作的《志愿者之歌》中，绽放笑容的自己，又惊又喜，离场时纷纷对志愿者表示感谢。这所有的一切无不彰显着大家用心付出的价值。

在晚上的志愿者分享会上，梓林学长一语道破：所有这些戏剧化的发生，都是对志愿者最好的实修，到哪里去找这样一群人来修理我们啊？！这样一堆鲜活的案例，是让我们自己去体悟发生背后的真正意义。而正因为遇上这样背景的听众，梓林学长才打开话匣，坦诚分享自己当初在国企时的管理经历和经验。即使我已跟随超过500场课程，这一段内容也是五年多来，第一次听到的。所以，凡事感谢，所有的发生都只是上帝的邀请，千万不要错过这唯一的一次机会！

告别海南，我们转辗到了湖南省衡阳市祁东县归阳镇。这次面对的听众是生活在中国最基层的一批农民，一批正在致富道路上勇往直前的企业家，他们承担着家族的兴旺，家业的传承和后代教育的重任。在热火朝天的大工地建设的背后，对精神与文化的追求，让他们逐渐定下心来，不再来回走动，不再大声喧哗，不再在会场吸烟。跟随着课程的深入，大家开始思考除了赚钱之外，在得到物质财富之后，自己还可以做些什么呢？做怎样的事情是对人真正有帮助，又可以传承下去呢？

离开归阳的一大早，祁东志愿者带我们去到湘江边的一片产业园，他们正筹划在这儿建一个养老度假村。梓林学长指着滚滚东去的湘江水，遥想北大公益讲座理念在祁东落地，并有了一大批志愿者之后，将此建成践行我们理念的“至慧园”，造福一方村民。当然，梦想只有去做，才有圆梦的一天！

梓林学长一再说：听了北大公益讲座不当志愿者，很可惜，当了志愿者之后不跟进很遗憾。因为聆听北大公益讲座一二阶的课程，只能得到 2%，而随着志愿者的口口相传，讲座一定会推广到不同的地方，遇到不同的人群，会有很多奇妙的际遇，等待我们去经历，那些不可预知的发生，正是后面最迷人的 98%。在无限延伸的一浪又一浪可能之中，我们会走进不同的社会群体，融入各界的思想空间，体验比“读万卷书，行万里路”更美妙的人生阅历。

每次课程的开启，看似简单重复，却是新的轮回，因为它正在创造不同的开始。每当上场音乐响起，志愿者登上讲坛，脚踏实地再来一次的时候，相伴而来的是：翰墨香，独挥毫，戒定无量，一路上，静静眺望远方。

周而复始，朝花夕拾，就在 2% 与 98% 之间……

2016年10月19日
北京诚盈中心北京慧至堂

不再去创造物质的需要，
而用财务自由换取享受自然的时间自由，
就是最大的幸福。

10·18的随想

昨天还是晴空万里，我们几位志愿者骑自行车畅游了北京大学校园。无意之中，这一天，我们似乎抓住了北京秋天的“尾巴”，真正体会到了老舍先生说“秋天一定要住北平”的深意。

微风婆娑，轻轻扬起垂柳，抚弄着未名湖，流光倒影之中，几片凋零的落叶，两只闲游的小鸭，构成了一幅幅灵动的画面，已然留在了我们的手机里，并镶嵌在我们深深的记忆中。

北京的秋天，实在是美！

而今天上午，原本还想去未名湖走走，专拍些风景照，留待以后发相册用，却因为严重雾霾的红色警告，不宜外出，因而取消了行程。下午直接去了“晨光录音棚”录音，出来不过是五点半的光景，却见天色暗沉，前方是乌压压，黑乎乎的一片，让人感到压抑恐惧。

在出租车上，我自拍了戴口罩的照片分享到家人微信群，父亲回应：“京城如此环境，应该迁都，高层该决策了！”妹妹回复：“无论搬迁到哪儿，人类的心念不变，到哪儿都一样……”

是，如果不是因为等待20号讲师团一起出发到丫山，我可能一早就改签机票离开北京了，这让我更加思念丫山的清新灵秀。社会发展的代价最明显的体现在环境污染上。两日天气的剧烈反差，让我对北京又爱又怕，老舍先生应该庆幸没有经历这样的秋天，他笔下的天堂，一定不会是现在这样的雾霾深锁。

这让我想到，我们在追求GDP高速增长的同时，也制造了这么多的雾霾，这过程中我们似乎得到生活用品的满足，然而，过度的工业生产，制造出的物品最终归于何处呢？我们的生活中，已经拥有太多的可有可无、使用价值几乎为零的物品，而这些物品从购买到储藏，不仅浪费了我们大量的时间，而且排挤了我们的精神追求和情感需求。时间总是有限的，物质本应是用来支持精神享受的，现在却反过来了。这些多余的物品，不仅常常占据我们生活的物理空间，而且因为要花心思去维护，还会占据我们的精神空间。如果舍去这些可有可无的东西，或许会让我们拥有更多的时间，去享受内在的精神与情感。

“8·22出走深圳”时，我扔下了一大批东西，仅带走了33件纸箱，而到了丫山，真正急着要拆开来使用的物品，还不到3件，其他的似乎不怎么需要，假若30件纸箱在运输过程中丢失了，似乎也不会对我的生活造成怎样的影响。

走过10月18日北京的街道，我才深深感觉到：不再去创造物质的需要，只需用财务自由来换取享受自然的时间自由，就是最大的幸福。

我为自己在2016年选择了走进自然，回归自我，再一次感到欣慰。我相信：在丫山栈道上漫步的每一秒钟，肯定比拥有一件买了未必会使用的物品，更为珍贵。

好似一幅委婉质丽的江南水乡山水长卷，徐徐在眼前展开。

2016 年 12 月 16 日
丫山国际志愿者村

梦，不再是梦

2016 年 12 月 15 日晚，为福建省宁德市福安市溪潭芹洋村民开设的专场“慧命之旅”即将结业。配合这次课程，北大公益讲座原创诗歌音乐舞剧《慧命之歌》第七场，将在丫山国际志愿者村的 A 哆活动中心上演。

享有“牡丹王爷”之誉的著名画家赵军老师，携手“梅花仙子”——夫人胡嘉惠老师，与我们在凤园共进晚餐。席间，得知晚上花海乡村俱乐部将上演诗歌音乐舞剧《慧命之歌》，欣然接受梓林学长的邀请，一同前往欣赏这部由丫山志愿者自编自导自演的“阳春白雪”。

看完演出，两位艺术家不禁竖起大拇指，赞不绝口：“真没想到丫山的孩子们还有这样的才艺！我们知道他们能歌善舞，却真不了解他们还能把高雅唯美的诗歌演绎得如此真情动人，不可思议，丫山能把大家培养得这么优秀，实在是太棒了！”

演出结束后，紧接着的是“慧命之旅”的结业分享会，志愿者的真情分享，再次将课程推入新的高潮。至此，第四期“慧命之旅”芹洋村民志愿者的专场课程，历经六天五晚21课时，圆满结束。

送走芹洋志愿者，已经是晚上9点15分。韩磊学长开车带我们上山，略带歉意地说，真是不好意思，送你们上山后，我还有工作，要去陪其他客人。

眨眼工夫，我们便来到花海客栈对面的章源集团办公楼，只见夜色中，大余000志愿者唐向阳学长身着北大公益讲座的蓝色冲锋衣外套，精神奕奕地走出来，兴高采烈地与我们打招呼。

车子驶入道源书院，一下车，书院姑娘们和保安大叔热情地迎上来，寒暄招呼之间，我们却听到琴瑟声声。

尾随向阳学长，我们走进道源书院的亦乐堂，惊喜地见到刚才还在舞台上表演诗歌音乐舞剧《慧命之歌》的丫山志愿者，她们已经卸了妆，换上了便服，正在一位气宇轩昂的音乐老师指导下，练习乐器的演奏。

“星星”在轻抚古筝，“小柠檬”在弹奏古琴，保安大叔正吹着洞箫，另外两位姑娘在敲打着古编钟和编磬，整个亦乐堂果真是仙乐飘飘，不亦乐乎！

在大家的提议下，丫山伙伴为我们现场演奏了《春江花月夜》。音乐老师轻奏箫鼓，好似一幅委婉质丽的江南水乡山水长卷，徐徐在眼前展开。

原来，向阳学长特意邀请了这位资深音乐人鲍老师来丫山，组成“丫山乐队”，教授这批连五线谱都不认识的丫山同事们学习乐器。十天下来，居然能演奏合成美妙的一曲。

在这样一个隆冬的夜晚，我身处道源书院，耳边不禁响起向阳学长在2016年4月丫山三阶（13期）课程中与大家分享：“我们要把丫山做成‘乐山’和‘乐山’。‘乐’字有两个读音，一个是Lè，一个是Yuè……”

如今的丫山果然是仙乐缭绕。九个月，还不到300天，梦，已经不再是梦，就在眼前。2016年12月28日，“丫山牡丹画院”落成典礼暨“赵军牡丹艺术馆”挂牌，“赵军牡丹艺术专展”开幕，12月30日至2017年1月3日，“丫山首届书画艺术展”将在牡丹画院、道源书院以及A哆乡村活动中心展开。

这一路走来，丫山在拓荒者的手中，梦想的蓝图在一个个地实现，并衍生出一个又一个新的梦想，像龙鼎湖的涟漪，一波一波推向远方；而我们送走的芹洋志愿者，他们的眼前也勾勒出了一幅芹洋志愿者村的雏形，芹洋的梦，何时不再是梦，我们拭目以待……

夏雨轻风

2016 年 12 月 20 日
福建福安富春大酒店

正向的力量交织在一起，
是生命在感动生命，
并升华出善良的真挚情感。

“蓝色旋风”在芹洋集结

2016 年 12 月 16 日一大早，六天五晚的“丫山慧命之旅”课程结束后，我和商丘李先丽学长跟随梓林学长和前两年挂点芹洋村的市人大原主任何先生，一起坐动车到福州，再转车来到福安市。

通过何先生的介绍，我们认识了溪潭镇的书记和镇长。一番交流之后，书记和镇长对北大公益讲座产生了浓厚的兴趣，并十分认同我们“文化入村”的理念，希望尽快能够在溪潭开课，使更多的人有机会接触到课程。

12 月 17 日清晨 6 点半，正在整理行李的我，被微信语音通话吓了一大跳，原来梓林学长联系我和大余 001 志愿者韩磊学长开电话会议，讨论刚与镇长确认的 19 号在溪潭开课事宜。于是，我们马上行动起来，建立“溪潭特别行动组”微信群，迅速调动各方资源，落实开课的具体细节。

不到30分钟，韩磊学长发来四位确认出行的大余志愿者证件号，我立刻安排购买车票；与此同时，大余慧至堂已经将所有的开课设备、课程礼品、志愿者服，满满的三箱物资准备妥当，大伙儿带着韩磊学长特意购买的“窝心牌”食品，8点半，登上前往赣州的专车。

而前一天晚上，刚坐火车，到达武汉探亲的北京380志愿者赵子沣学长，也在一大早接到梓林学长的电话，马上放下原定计划，奔赴芹洋。

福建古田010志愿者林紫香学长，一大早也收到梓林学长的微信：“丫山志愿者今天晚上就到芹洋参加服务，你来吗？！”她当下就坐不住了，其实她是16日参加完“丫山慧命之旅”，刚回到古田家中，看到丫山志愿者都赶来支援溪潭的课程，作为一位福建志愿者，自然是义不容辞。于是，她也登上了开往福安的动车。

17日早上8点半，我们刚到达芹洋村口，就被从参加“丫山慧命之旅”回来的30多位芹洋志愿者包围，热情的拥抱，亲切的问候，之前六天五晚的朝夕相处，我们已经有了一个共同的身份——“北京大学公益讲座志愿者”。

芹洋的志愿者，是16日乘坐大巴从丫山赶回来的，从早上9点到晚上9点历时12个小时才回到村里，17日早上6点，他们就起床在村里捡垃圾，践行大家在丫山的承诺：建设一个没有烟头，没有垃圾的新芹洋。

此时此刻，在公路和铁路上，有三队人马正在向芹洋方向集结。当天晚上，我们在芹洋村“李家祠堂”召开村民大会时，来自大余的59岁的李跃余学长、58岁的刘小兰学长以及谢苏娟学长，在谭玉兰学长的带领下，出现在我们的面前；不一会儿，古田林紫香学长也赶到了现场。芹洋志愿者给予无比热情的欢迎，因为在刚刚完成的“丫山慧命之旅”中，大家相识并已结下了深厚的情谊。而看到了村民的变化，更是让志愿者们喜出望外，这样的两种正向的力量交织在一起，是生命在感动生命，并升华出善良的真挚情感。

赵子沣学长在 18 日一早，在福安购置好了这次课程急需的设备线材，赶到了芹洋村。我们一行午餐后，就马上赶到福安开始布置会场。晚上还来不及吃饭，又赶回村里，为村民们带来一场别开生面的主题分享会：共同拥有梦想。

19 日一早，来自北京、深圳、商丘、武汉、古田、芹洋的志愿者近 30 人，浩浩荡荡走进福安中央公园会所，最壮观的是，其中 20 多位芹洋村的志愿者是第一次参加课程服务，他们质朴的笑容，憨厚的表情，着实让人感动，最年长的芹洋志愿者已经 73 岁了，仍然谦卑地为大家鞠躬，致谢……

福建福安的首次课程（总第 674—675 场），在 12 月 19 日下午 6 点圆满结束。芹洋村民与外地志愿者依依不舍地话别，期待着下次的再相聚。而这股“蓝色旋风”就是在 24 小时之前，在芹洋集结，相信，这股“蓝色旋风”带来的余波，还会继续在芹洋传递，我们从四面八方走进芹洋，而芹洋的美好未来，就在我们每一位甘愿付出，享受付出的志愿者手中！

生命中的每一个发生，
其实都有非凡的意义，
需要我们用心去感悟和洞察。

2016 年 12 月 22 日
福建福安富春大酒店

发生即是邀请

经典告诉我们：人生即实证！所有的发生都是邀请，让人有经历一次的机会。

北大公益讲座的五项原则之一：不做广告，不接受媒体采访，不接受捐款。因此，在这样一种自我约束下，每一场课程的由来，背后都有一串串奇妙而美好的故事。

12 月份在福建开启的课程，就是一次实证。原计划在 15 日结束“丫山慧命之旅”之后，梓林学长回家乡，对芹洋志愿者村的建设做一次更深入的考察。因 16 日晚与福安溪潭镇领导的会面，受邀留下开课，于是将 19 日的返程安排，调整为在溪潭镇开讲一二阶课程。

17 日凌晨 6 点，镇长最后确认 19 日开课。于是 7 点整，我们已经通过微信联系上北京、深圳、大余、古田、武汉、芹洋的志愿者，一阵“蓝色旋风”被刮起，迅速向芹洋集结，为溪潭带来了首场课程，这也让芹洋村的新志愿者，有了第一次参与课程服务的机会，迈出了志愿者生涯的第一步。

19 日的课程结束后，讲师团回到福安，入住富春大酒店，准备第二天各自返程回家。

梓林学长 20 日清早 8 点就出发。在前往福州长乐机场的路上，接到了航空公司发来的紧急通知：北京深度雾霾，能见度不到 800 米，航班有可能全线停飞！据后来央视新闻报道，当天的确取消了 396 架航班。

与此同时，我和大余志愿者一行五人，正准备出发回丫山。在酒店的餐厅，偶遇富春酒店总经理李健强先生，他好奇地向我咨询北大公益讲座，并诚恳地发出邀请，询问我可否推迟行程，为酒店同事们带来课程。

在去福安动车站的路上，我及时与梓林学长沟通，当他了解到，是富春酒店的李总邀请我们留下来开课时，说：太巧了，昨天在电梯里面也是巧遇李总，在没有任何人介绍的情况下，李总主动与我交谈，还加了微信，今天一早还把你写的文章《“蓝色旋风”在芹洋集结》发给了他。这真是太有缘了。既然他提出了邀请，我与其在机场无限期地等待雾霾散去，赶回北京吸雾霾，不如折返回福安开课。

于是，我们当下决定：21 日在富春大酒店开启福安的首场课程。我和大余志愿者到达福安火车站后，安排他们返程，自己带着开课设备，又回到了富春大酒店。

不久，梓林学长也从长乐机场回到了福安。午餐时，梓林学长与富春酒店的李总、黄总进行了深度会谈，梓林学长提议富春酒店参与共同开发“芹洋国际志愿者之家”项目。于是我们四人稍事休息，便驱车前往芹洋村，勘察未来的建设用地，我们再次游览了芹洋十九潭、双龙漈、林公故居等自然人文景观。

一路上，李总对福安的种种如数家珍，那种对家乡的深情与眷恋展露无遗。当他身处芹洋的青山绿水之间，听梓林学长阐述“文化入村”的观点，描绘芹洋美好的发展蓝图时，忍不住在朋友圈中即时分享芹洋的图片，并写道：“美，没啥说的！”

这一次也是梓林学长在一个月中，第四次回到家乡，在回程的车上，他迫不及待地在朋友圈中分享刚刚拍到的芹洋斜阳美景，并留言：“芹洋的云、芹洋的瀑、芹洋的溪……故乡的天真蓝，家乡的人真好！”

告别芹洋村，再次回到富春酒店，我们看到一轮浑圆火红的落日映照在富春溪上。富春溪是福安的母亲河，奔腾不息，源远流长，一起汇流到罗江，孕育着无数这片土地上善良的福安人。

21日上午9时，福安一二阶课程在富春大酒店的二楼多功能厅开讲。富春大酒店的李总和黄总带领管理层全程听课，并参与了晚餐后“承担的智慧”专题分享会。通过一天的课程，大家深受感动，争先恐后加入志愿者的行列，“福安慧至堂”也正式宣告成立，李健强学长成为当之无愧的福安001志愿者，黄赛金学长也紧随其后，成为福安002志愿者。

19日，芹洋志愿者一早包车去到溪潭，第一次参加了8小时的课程服务，21日又包车来到了福安富春大酒店，全程参加了福安课程的服务，晚上也参加了福安2016年第1期专题分享会。这一趟趟的服务，着实让他们无比开心。这批纯朴的村民，他们多数人从来都没有走进过富春大酒店，真没想到会有机会进到这里为城里人服务。他们对我说：从来没有这么认真地听过这么长时间的课程，不仅能听得进去，而且越听越有意思。

夏雨轻风

北大公益讲座从 2013 年在桂林开课之后，就一直在探索社会主义新农村建设的问题，并认为："精准扶贫"，解决的是农村经济问题，而"文化入村"，是在解决了经济问题之后，对于如何进一步解决农民精神文化生活问题的一种全新尝试。

在我们对芹洋志愿者村建设的构想中，人文建设是一个最重要的环节。而我们提出的人文建设，绝不是一句空洞的口号，第一步就是邀请村民参观丫山国际志愿者村，并告诉村民：文明生活，从改善村庄的卫生开始。发动和鼓励志愿者，从自己做起，从现在做起，从而带动全体村民，为建设家乡出力，至少做到不乱扔烟头和垃圾。

出乎我们的意料，在这么短的时间里，村民已经通过志愿者的做到，看到了文化的力量，公共卫生意识开始觉醒。我们今天早上在芹洋慧至堂看到：志愿者这些天捡垃圾的行动，也感染了村里一位十五六岁的智障女孩，她也走上街头打扫卫生，这更让我们唏嘘不已。这些都又一次说明：榜样的力量是无穷的，村民已经从志愿者身上看到希望并开始上路。

发生即是邀请。生命中的每一个发生，其实都有非凡的意义，需要我们用心去感悟和洞察，因为人生最后所拥有的，只是经历一次的机会，而帮助别人成就自己的过程，其实是转识成慧的过程。

福安慧至堂的诞生，成就了芹洋志愿者的学习与成长，期待着鸡年的首场课程在福安市举办：

雄鸡一唱天下白，
玉宇澄清万里埃。
祝福安康蓝精灵，
梦想成真新春来。

在付出中积聚能量，
跟随北大公益讲座原来是我们自己的需要。

2016 年 12 月 31 日 23:40
丫山国际志愿者村

生命，因此不同

什么样的一种演出，可以无数次的欣赏，并且每一次都会被感动？一堂讲座，如何能够让人无数次的聆听，并且每一次都会让人有不同的收获呢？

2016 年 12 月 30 日，距离告别 2016 年仅二十来个小时，在丫山国际志愿者村，我坐在 A 哆乡村活动中心的舞台下，再一次欣赏丫山志愿者表演的“乡村民俗晚会”，又一次被大家的真诚质朴所打动。看到一张张越来越熟悉的面孔登上舞台，展露风采，我报以微笑，挥手致意，手掌拍到红得发痒，只想表达对这群可爱的人儿的由衷喜爱与敬佩！

因走进北京大学公益讲座，而结缘丫山、走进丫山，直至落户丫山，至今，我走过了 1784 天。我全身心地浸淫在这个环境中，跟随着讲座走遍万水千山，见证着讲座、志愿者与自己的成长。

夏雨轻风

俗话说，做事最少看五年，五年为一个台阶。北京大学公益讲座于2011年创办，2016年正好是五周年，这一年中的种种发生，一次又一次地印证并激活了我们心中隐藏着的“生命密码”。

2016年，讲座去到北京、大余丫山、济南、广州、深圳、武汉、中山、东山、赣州、南康、泰山、天津、三亚、衡阳祁东、古田、溪潭、福安、安陆、台湾等20多个城市和地区，也去了韩国、日本播撒“光明圆融善”的种子。

全年开讲课程144场，其中第一阶课程77场，第二阶课程36场，三期第三阶课程共27场，原创自编自导自演的诗歌音乐舞剧《慧命之歌》公演7场，延伸课程“梦想者的天堂”举办了40场。开创了全新授课模式——六天五晚的“丫山慧命之旅”，针对中学的课程“未来不是梦”、“自我与人生”也已经正式启动。

6月19日，四喜同庆。丫山国际志愿者村揭牌，《道源揽胜》新书发布，诗歌音乐舞剧《慧命之歌》首演暨第600场讲座，“丫山第3期讲师培训”也在当天拉开序幕。

8月31日，位于北京朝阳区望京诚盈中心的北京慧至堂，经过半年的精心装修后，正式投入使用。从此，北京与丫山遥相呼应，在两地展开讲座以及志愿者活动有了固定的场所。而济南、南康志愿者也先后在当地设立了实体慧至堂，志愿者为自己创建了共同的“心家园”，让心儿就此有了安驻的地方。

2016年是丰收的一年，不仅讲座课时创下历年新高，各地慧至堂自主举办的志愿者分享会的次数也创了新高，达到123场，19个主题反复学习，让一批主持人得到了锻炼和成长。又一批的志愿者从甘愿付出，走向享受付出，积极寻找公益场地，落实分享会各项细节，并走上讲台，学习朗诵北大公益讲座原创诗歌，主持分享会，制作《志愿者之歌》，写分享文章，以自己的做到，践行讲座提出的三文主义：文以载道、美文传道、以文修身。

这一年中，我们走进了大学、中学、小学、幼儿园、专科院校，我们走进企业、单位、街道，走进了监狱、戒毒所、也走进县镇乡村，甚至登上邮轮，在太平洋上开讲……我们不仅自己来，也带着身边的亲友走进了讲座，与孩子一起共修，在共同学习中共同成长。

回首这即将过去的365天，我们心中隐藏着的“生命密码”被印证并激活了，那就是善。善不需要学习，只需要还原，我们生命内在本自具足的善良，如同每日如约冉冉升起的太阳一样，既照亮自己，也温暖四周。

这一年，我们在付出中为自己积聚了更大的能量。越来越多的志愿者清晰认识到：每一场课程每一次分享会，都不是简单的重复，只要用心去做，都会有不同的收获。要将同一件事情一直做下去，需要在每一次做的过程中，勇于承担，从而创造生命的不同。

在“生命的效能”的学习中，大家进一步看到了：人不可能用相同的行为，得到不同的结果。所以，开始向内求，从生命的根部去寻找答案，带着自己的相信，去解，去行，最终证得“光明圆融善”。终于了解：原来跟随北大公益讲座是自己的需要，一切的发生都是为我们而来。当内在自性的莲花开启时，生命从此不同，妙不可言！

即将步入2017年，这是北大公益讲座的第七个年头，这样一件事，我们会一直做下去，做到2040年，鸦片战争200周年，甚至更久。2017，有你们真好！

山野被沉沉夜色笼罩，
雨雾中混合着泥土与花的芳香……

2017 年 1 月 19 日
丫山国际志愿者村

关上门，还有一片天

2017 年 1 月的“福建公益行”，是北京大学公益讲座猴年的收官之作。原定结束后乘坐 19 日 19:20 从福州飞往赣州的航班，因收到丫山晓秀学长发来的微信：“岚姐，你赶快回来，参加章源集团的年会吧！”于是，我调整了行程。

19 日 7:30，从福安富春大酒店出发，走高速到福州（南），乘高铁到达赣州，再坐车前往丫山，历经近 12 小时，晚上 7 点整，我终于走过挂满彩灯的“的啦桥”，走进丫山 A 哆乡村活动中心。此时，山野已被沉沉夜色笼罩，我贪婪地呼吸着雨雾中泥土与花的混合芳香……

章源集团 2017 团圆年会刚刚拉开序幕。舞台设计简约大气，喜庆的红色背景上清晰的八个大字彰显了本次年会主题：“知行合一，再创辉煌”。

章源集团的业务现在已是如此的丰富多元：道源书院、九成山舍、章源食品、章源宾馆有限公司、章源生态旅游有限公司、章源竹木制品有限公司、丫可喜城乡联合农业发展有限公司……这么多员工齐聚一堂，真是难得，我见到了一些熟悉亲切的面孔，也看到了许多陌生却朴实的脸庞。

缤纷的舞台，欢快的笑颜，精彩纷呈的节目，一次次爆笑全场，连保安大叔的表演都嗨翻了天，大家穿上北大公益讲座各色文化衫，跳起了劲歌热舞。这一晚的节目穿越古今，从唐僧演绎到朋友圈，从古典到现代，有相亲小品，还有才子四人转，连丫山蔬菜都在"燃烧"……这场晚会的编排、主持、音乐、舞台背景甚至服饰搭配，都设计得天衣无缝，恰到好处，章源集团的员工真是令人佩服，个个才华横溢，浑身的解数、无数的惊喜让大家感动不已，且开心得前仰后合，拍烂手掌。

俗话说压轴有好戏。到了临近晚会结尾的时候，丫山景区董事长唐向阳学长上台："今晚大家的表演实在太精彩，我也坐不住了，也为大家带来一个节目吧！"于是，唐总在两位财务人员的配合下，开始讲"陪育公司"和"培育公司"的故事……

跟随北大公益讲座走四方的这五年中，惊奇和喜悦总是不期而至，我坐了12个小时的车，行程750公里，能在第一现场看到这样的节目，真是感到十分的欣慰。"培育公司"这份鲜活的"暖记忆"带来的启迪，已经深深地烙印在我的心中。

坐在台下的我，思绪突然被带回到了前几天，那是1月14日，向阳学长接受了梓林学长的邀请，在百忙之中特意推迟了这场重要的章源集团年会时间，去到芹洋村考察，深圳003志愿者吕静学长和150志愿者王建芬学长也应邀前往。

15日上午，我们参观了"万年桫椤"、"百年刺绣"、"芹洋十九潭”、“双龙漈”、“林公故居”等自然人文景观，一路上，向阳学长不断赞叹：“芹洋的人文资源甚至比丫山还好，特别是这些老房子，了不得，真的是要好好地保护起来！这里产的蜜橘清甜多汁，茶叶也香，的确是一块福地！”

我们走进一家绵延二百多年的古老宅院，向阳学长背着手立在天井中，仰头凝望天空良久，然后转过脸来对我们说：“还是老房子好啊！关上门，还有一片天。如今，城里的房子，进了门，就看不到天了，人全部都被困在里面……”

向阳学长 15 日下午赶回赣州，吕静和建芬学长也因公司年尾事务繁忙，在 16 日下午回到了深圳。回到家中，吕静学长在微信群中发来真情的感慨：“这次去芹洋村，让我改变了对农村的看法，这是我看到的最干净的村庄！芹洋村比我们去过的很多市区的卫生还要好，真为芹洋志愿者的做到感到骄傲！相信以后在村委的领导和北大公益讲座的助力下，芹洋一定能成为最美的新农村！”

是啊，细细觉察，所有的一切付出，都是在“培育”。芹洋的父老乡亲在 2016 年的 12 月初，接受邀请，走进了丫山国际志愿者村，在丫山的山水之间，在丫山志愿者的待人处事之中，在与北大公益讲座文化的碰撞之中，接受了一次“培育”过程。回到家乡，大家迅速行动起来，以志愿者的理念来要求自己，用自己真实的做到逐渐影响身边的村民，一起踏上“文明从卫生开始”，自觉改变村容村貌之路。三十天了，在各地志愿者眼前，呈现的已经是一个完全不一样的新芹洋。

最近，整个北方都被雾霾所笼罩。而不论是芹洋还是丫山，举头仰望时才发现原来头顶上这片属于我们的天空，是这样的清新和湛蓝。生命中的每一个发生，都会有意义，发生即是邀请，当我们被邀请关注属于自己的这片天空时，我们知道了如何珍惜，如何去享受大自然给予我们的一切。

此时此刻，我站在丫山国际志愿者村的花海食府广场，仰望长天，烟花竞相绽放，流光溢彩中，聚散有时，飘洒落下，刹那的绚丽留下美好的记忆。

1 月 19 日，又是一个“19”，值得纪念的好日子，告别即将逝去的过去，2017，我们再次出发！

夏雨轻风

绿树翠竹，
尽情享受春天的抚慰；
清流瀑布，
恣意彰显奔腾的自由。

2017 年 3 月 14 日
丫山国际志愿者村

传递爱，成为爱

北京大学公益讲座丫山三阶（16 期）“幸福是想出来的吗”课程，于 2017 年 3 月 13 日下午 1 点，在丫山国际志愿者村圆满落下帷幕。来自全国 15 个城市和地区的 103 位学长，带着满满的喜悦和收获，依依惜别丫山国际志愿者村，踏上了回家的路。

丫山三阶（16 期）再次创造不同，每一天的内容，都给学长们带来惊喜。第一天，3 月 10 日晚上，土生土长的丫山志愿者为大家上演了北大公益讲座原创诗歌音乐舞剧《慧命之歌》（第 8 场），台上“蓝精灵”的精彩演出，将爱的暖流传递给了台下每一位观众。演出结束后，北京大学博士生导师冯科教授、雨花斋学堂何帅臻院长和著名人物肖像画家李仕明先生，在分享观后感的同时，也对北大公益讲座这样一种多元化、暖记忆的教育形式与定位，给予高度评价。

第二天，3 月 11 日上午，学长们参加了在 A 哆乡村晒谷场举办的“丫山首届醒牛节”，欣赏江西省第三批非物质文化遗产“舞春牛”的同时，学长们也玩得不亦乐乎；梓林学长更是挽起裤腿，下田牵牛，演绎“牛不犁田，长着力气干什么”的经典对白；下午，冯科教授带来的主题演讲《善经济学》，让人耳目一新，整整 100 分钟，学长们凝神屏气，专注品味这道难得的营养大餐；冯科教授随后又带来“教育经济学”的主题分享，为众多正在为孩子教育一筹莫展的家长们，打开了一扇新的窗户。晚上，“有问有答”环节，冯科教授、何帅臻院长、李仕明学长、海南 001 志愿者张涛学长（海南多个 AAAAA 级旅游景点的创始人）、大余 000 志愿者唐向阳学长与梓林学长受邀上台，回答学员们的提问。所提问题，海阔天空，五花八门，涉及教育、情感、自我修炼，甚至房价等等，六位学长从个人经历出发，睿智诚恳地解答，让人茅塞顿开，回味无穷。

第三天 3 月 12 日下午，103 位学长走进丫山，跨过揭示宇宙奥秘的第一座“的啦桥”，穿过“幸福天路”，溯溪而上进入卧龙谷，徒步来到万米栈道“天行健”。首届户外诗歌音乐舞剧《慧命之歌》的第一个舞台，就设在这里。

天地之间，云雾之中，绿树翠竹，尽情享受春天的抚慰；清流瀑布，恣意彰显奔腾的自由。丫山三阶（16 期）的学员以小组为单位，在大自然的怀抱里，上演北大公益讲座原创诗歌的剧目，真正实现“天人合一、回归自然、领悟自然、享受自然”。所有学员，无论男女老少，无论来自何方，大家都无比投入，积极参与，施展浑身解数，绽放个人风采。

通过抽签，在第一舞台天行健栈道上表演的三个小组，分别朗诵了《孩子，真的对不起》《我是一条小河》《一切都会过去》三首诗。尽心尽善的演出，把围观的学长们看呆了，大家屏住呼吸，不敢轻易走动，唯恐因身体的移动在栈道上产生振动，惊扰了正在拍摄中的微电影《丫山的等待》。

演出告一段落，欢呼声、掌声、喝彩声不断，大家继续前行，经过“兰花谷”，直奔第二舞台：丫山最新建筑“牡丹画院”。坐在画院台阶上点燃“慧命之光”，又以大余县城和远山为背景，深情款款朗诵《就这样》《去去就来》。

第三舞台设在道源书院。在这座拥有千年历史的书院前的太极广场，大家共同聆听了“灵魂姊妹篇”：《灵魂的求诉》《灵魂的守望》，并踏上了《回家的路》。

历时三个小时，首届户外诗歌音乐舞剧《慧命之歌》的演出圆满完成。而会务组提前在“天行健”栈道上撒下了一百个与蓝衣天使辉映的“蓝星星”。大家且行且寻宝，在道源书院做最后的清点，竟然有一个小组寻得了34颗蓝星星。星星贴在面上，挂在脖子上，真是星光熠熠，骄傲自豪！

当然，寻宝落后的两个组甘愿接受惩罚——走丫字形的指压板。落后队的组长恰好是深圳001柯言学长和桂林001陈仕燕学长，他们带着组员，快乐地接受惩罚，享受地完成了“艰巨”的任务。其他组的学长们给予热烈的祝福，加油声响彻道源书院，引来不少游人关注，停下脚步欣赏。当他们看到这群蓝精灵有着诗与远方的情怀，又玩得这么嗨，且这般友爱，不禁由衷赞叹！

第三天3月12日早上，大余001韩磊学长带来专题演讲《从历史走来》，分享丫山的悠久文化，让大家了解到丫山国际志愿者村的背后，那深厚的人文背景——大余是中国理学的发源地，丫山是阳明心学的升华地，古人早已在此留下了隽永的篇章。经过千年的等待之后，丫山迎来新的拓荒者，经过十年的用心打造，又迎来了蓝色梦想者。如今，漫山遍野活跃着蓝色志愿者的身影，“光明圆融善”成为大家生命的共同追求。

第四天 3 月 13 日上午，结业分享把三阶课程推向又一个高潮！原来，幸福不仅是想出来的，更是做出来的。得到幸福并不难，人人都可以获得幸福！

的确，每个人都有自己幸福的理由！微电影《丫山的等待》剧组成员都是丫山志愿者，大余 001 韩磊学长亲自操刀，指挥策划导演这部处女作。他们可都是从没有拍过电影的人，这次却接下了烫手的山芋。每天课前课后，剧组成员都要开会，讨论研究第二天的拍摄方案。为了《慧命之歌》的演出达到完美效果，他们背着 25 公斤的音箱在卧龙谷穿行，背着沉重的相机和三脚架，走在登山队伍的最前面，为抢拍到不同角度的镜头，在爬山行进的 5 公里 3 小时中，来回穿梭，汗流浃背却干劲十足，他们说，身体是有点累，但感觉非常幸福！

芹洋志愿者说，上完三阶，听到大家的分享，发现自己的生命是这么平顺，没有磨难，真的好幸福；如果不来丫山三阶，还以为自己过得好苦，原来，比自己苦的人太多太多，所以，真的没有什么不开心的了，我们都已经这么幸福了……

3 月 13 日下午 1 点，离开会场前，大家得到了丰富的礼品：冯科教授翻译著作《人类活动中的理性》，以及梓林学长的著作《王朝投影》《乔致庸的经济学》。带着满满的收获和祝福，走在回家的路上时，大余慧至堂、芹洋慧至堂和福安慧至堂就分别发出近日举办专题分享会《丫山归来话三阶》的通告，希望通过分享会，将在丫山得到的不一般的爱传递给有缘人。

其实，幸福就是自己，所有的一切都是自己。当我们意识到自己是如此的幸福，那就是幸福扬帆起航的时候，传递爱并成为爱，因为我们已经拥有爱！

感谢丫山，感谢自己，丫山，我们还会再来的，这是蓝色志愿者永恒的家园！

把这件事一直做下去，
践行自己的『信』，
最后证得：
我们是如此如此的善良！

2017 年 3 月 19 日
福建福安富春大酒店

春天的故事

北京大学公益讲座创办于 2011 年春天，经过 300 天，在北京我们走过第 100 场；经过 1700 天，在深圳我们走过第 500 场；经过 1950 天，在丫山国际志愿者村我们走过第 600 场；经过 2223 天，2017 年 3 月 19 日，又是一个春天，在福建福安我们走进了第 700 场。

这一场课程来自于 3 月 17 日晚上的一次邀请。福安社科联负责人刘女士接受了好朋友——刚从丫山三阶（16 期）学习回来的福安 038 志愿者郭雅明学长的邀请，冒着大雨，走进了溪潭镇芹洋志愿者村，参加芹洋慧至堂第 6 期分享会“丫山归来话三阶”。

当晚，刘女士感慨万分，受邀上台分享，多年来从事社会工作的她，一进村不仅看到了整洁的路面，而且敏锐地观察了芹洋村里的沟渠，发现这些卫生死角也是洁净清澈，芹洋人的笑容是自信温暖的，芹洋的卫生不是应付检查的。

晚上，志愿者和村民聚集在刘氏祠堂，参加北大公益讲座的分享会。刘女士坦言：构建社会主义新农村的文化建设，在党和政府关注和推动的同时，现在也有民间志愿者团队自发践行与传播，真是令人感动和惊喜。在自己的家乡福安溪潭镇出现了这样一个村，很值得推广。

那天晚上，在台下参加分享会的还有来自于厦门莲花村的35位村民，他们是应从丫山三阶（16期）学习归来的桂林001陈仕燕学长邀请，前来芹洋志愿者村参观考察的。领队的郭村长在分享时说：就在不久前，莲花村的村委与村民达成协议，每家每户同意按照人头交清洁卫生费，花钱请人来搞村里的卫生。但执行了一段时间后，村里的卫生状况依然没有改进，让村两委都很头痛。

这次走进芹洋村，发现不花一分钱，村头村尾却处处干干净净，真是让人诧异又大开眼界，这次回去真的要好好研究，争取早日带领当地的村民以及核心骨干，一起走进丫山国际志愿者村和芹洋志愿者村考察学习，也将北大公益讲座的理念尽快引入莲花村。

郭村长这段有点心酸无奈的分享，更加印证了刘女士的感慨，农民的精神生活应该受到重视，提升生命品质也是每一位村民心底的追求。

刘女士说，虽然还没有听过正式课程，但她可以创造机会，在福安开课。18日上午，刘女士在百忙之中抽出时间，参加了在福安富春大酒店举办的北大公益讲座延伸课程“蓝色梦想者”后，当即决定邀请讲师团在福安市开讲，不到两个小时，就落实了在福安市图书馆开课的安排。因为是周末，刘女士迅速开始布置，安排邀约听众，见到她如此雷厉风行，不禁心生敬佩。

3月19日，又是一个“19”。上午，北大公益讲座在福安市图书馆开讲了第 339 期一阶“从生命到慧命”（总第 700 场），晚上，开讲第 171 期二阶“光明圆融善”（总第 701 场）。

与此同时，这一天的上午，大余、南康志愿者走进了赣州上犹清华礼仪幼儿园，为该园教职员工送上北大公益讲座专题分享会“生命之受”。不少学长带着自己的孩子参加志愿者服务，走上甘愿付出、享受付出，提升生命品质的道路。

而济南慧至堂也同时举办了“关系的圆满”分享会，并同步播放济南 100 刘建新学长最新导演拍摄的微电影《心雨润芹洋》。

在这个春雨绵绵的季节，志愿者正在用自己的做到，书写着属于自己的“春天的故事”。19，只要选择了去做，就一定要做久，一群人在一起，长久地将这件事做下去，践行自己的“信”，最后证得：我们是如此如此的善良！

春天的故事，美好在继续！

过去已经成为过去，
未来就在远方。

2017年3月26日
北京大学经济学院228室

走过700场

丁酉年春节，在陪伴父母的闲暇时光，我整理了北大公益讲座的全部相关课件，做出了一份标注类别、作者、时长、创作时间、修改时间的文件。完成之后，抑制不住内心的那份喜悦，与深圳003吕静学长分享：“240份文件。整理着，感动着！”

她回复：“这六年来，我们竟然创作了这么多的作品，真的很了不起！”是的，这声“了不起”的赞叹，是对我们自己坚定与投入的嘉许和鼓励。回望共同走过的道路，一次又一次见证了北大公益讲座从无到有的一个又一个发生。在深度参与的过程中，我们体悟到身心自由是创作的前提，更享受着创新的无限乐趣！而这一切都在印证北大公益讲座志愿者的第二条理念：用我们的做到，证明我们全部的说是真实不虚。

接触北大公益讲座的人，包括我们自己在内，第一时间就会被讲座提出的“一二三四五六”所吸引，同时也产生怀疑：在当下这样的物质社会，怎么会出现这样一群人呢？他们说的真的能做到吗？

2011 年讲座创办至今，清晰明确地贯彻着一个宗旨：关于公益，我们只做北京大学公益讲座这一件事。这件事足够大，专注地做下去，不掺杂任何其他性质的公益或商业活动。

北大公益讲座志愿者的持续跟随，主要是透过两个途径：参加课程服务和参加当地的分享会。考验一场课程是否成功，是否真的对人有帮助，就看能否在当地留下来。对于我们这样一项平民的公益活动，留下来的最好途径是持续定期地在当地举办分享会。课程与分享是环环相扣的，北大公益讲座课程上得到的，大约只有 2%，后面的 98%，需要志愿者的跟随。课程的学习，让我们了解生命，看到一个真实的自己；课后的深度分享，让我们开始踏上践行生命、提升生命的修行之道。

善良最怕孤单，走进分享会，志愿者会发现：原来我们并不孤单，善良的人儿，就在身边。“众人拾柴火焰高，结伴而行走得远”。越来越多的志愿者已经开始意识到了这一点，2016 年全年各地自主举办的分享会总计达到 123 场，与此同时，大量的志愿者邀约身边的亲朋好友走进分享会，透过聆听他人的分享和走上台分享自己的生活，从而逐步融入讲座，继而实现与家人共修：共同学习，共同成长。

在跟随中，大家会了解，北大公益讲座不仅对志愿者提出“文以载道、美文传道、以文修身”的“三文主义”，同时还希望志愿者做到“放下利、放下名、放下自以为是”的“三个放下”。志于求道，乐于美文，文质彬彬，是志愿者的精神追求，邀请大家一起透过文字、诗歌、音乐等多重艺术形式来展现生命的美好，重拾曾经的理想和往日的梦想。

夏雨轻风

迄今为止，当代中国出版社已经为北大公益讲座出版了五册《我们共同走过》丛书，今年还有两册新书将作为讲座800场的献礼出版面世。

北大公益讲座志愿者的四个理念，每一条都是19个字，一共76个字的这四句话仿佛浑然天成，在讲座创办初期就被拟定，志愿者们咀嚼了无数次，依然言犹在耳。

一、“让每一个接受过我们服务的生命：光明圆融善。”开宗明义，讲明我们要做的这一件事是什么样的一件事。而让所有接受过我们服务的生命光明圆融善，首先我们自己要做到。也正因为我们还不能时时做到，所以，我们不仅在每一次开课时上台宣读志愿者理念，而且设立专题分享会来分别解读这四条理念，让我们自己在光明圆融善的路上走得更加坚定。

那么，人家为什么会相信我们呢？

二、“用我们的做到，证明我们全部的说是真实不虚。”这是我们对自己提出的要求。做我们所说，说我们所做，全部来真格的。如果志愿者做不到，那台上的讲师所讲的就会显得苍白无力，课程如果不具备说服力，就很难持续下去。

为什么志愿者能坚持做下去呢？

三、“甘愿付出，享受付出，帮助他人其实是成就自己。”一语道破宇宙能量守恒的法则。只有从甘愿付出到达享受付出，才是快乐的，只有快乐的，才是有力量的。

在这条公益的路上前行，渐渐会发现：所有的做，看似在帮助别人，最后收获的却是自己；而且，只有透过帮助别人，才能成就更好的自己。这就是天地之间亘古不变的法则，而我们的人生，只是一次又一次地在实证而已。

为什么志愿者能够持续地做下去呢？

四、“心能转境，决定幸福的是心而不是脑。”因为我们全部的做都是用心做，绝不是用脑做。多数人是“心随境转”，而我们要做的是“心能转境”，这就是我们能坚持下来的内在原因。

2012年，也就是讲座创办的第二年，在四个理念已经确立的基础上，北大公益讲座的“五项原则”也在前行中逐步完善。这些原则，乍看起来，让很多人觉着匪夷所思，不得其义，好像是在作茧自缚，过于脱俗和天真。但当我们走进第七个年头，回望过往，确信正是因为有了这五项原则，才让我们在茫茫未知的行进中，没有迷失方向，并且起到了护航的作用，让我们能够顺利地进行这项发心正确的事情。

纯粹、纯洁、纯净；尽善、尽心、尽美；无组织、无纪律、无收入；非宗教、非政治、非灌输；不做广告、不接受媒体采访、不接受捐款。因为我们坚守了“三不”原则，所以我们可以坦然面对任何质疑。而这一路走来的700场课程，也证明我们不需要强力去推广，所有的课程都缘于志愿者听完讲座之后，透过自身的改变和做到，衍生出新的听众，这样的推广是最有力量的。

让听众、志愿者、讲座邀请方三方受益，这是北大公益讲座课程源源不断、生生不息、进入良性循环的重要经验。

当然，每一场课程，从提案到落实的各项细致的工作，背后都凝聚着无数志愿者的悉心付出。而让身边的人甚至是陌生人，从了解到接受讲座的过程，其实也是对志愿者一次又一次的考验，考验大家的智慧——如何来维护并体现这项公益活动是对人有帮助的，不是靠纪律和组织架构，而是靠大家的心：是否真正做到“三纯”，是否真的达到“三尽”，是否能够始终贯彻“三非”。

整理讲座课件的过程中，我发现很多文件在不同时间段多次出现，当时参与反复修改的情形，在我脑海里依然记忆犹新，有时是为了一帧画面，有时是为了一个词，有时是为了一个字，有时甚至是为了一个标点符号……一群非专业的志愿者，用心奉献的原创作品，圆满了“尽善、尽心、尽美”的承诺。我们为自己设定了一个又一个行为准则上的框框，捧出来的却是志愿者的一颗颗赤诚之心，同时创造一个让大家都能施展才华、发挥创意的环境。

虽然我们都是“三无”人员，但让人欣喜的是：当大家做着自己认可并钟爱的事情时，都是乐不思蜀，废寝忘食。这里面跨越了宗教、信仰、政治、灌输，只有真诚面对！毕竟，穷极一生的岁月，我们都在追求属于自己心中的梦，路上有无尽的等待和期待，但真正能够把握的只有当下的对待，好好对待自己、对待他人、对待生命中的一切发生，是我们在北大公益讲座中学习到的最重要的一课。

人生只是经历一次的机会，发生让我们每个人都有做功课的机会，做错了，还要重修，想一次毕业只有去付出。因为，付出才是最后的到达！

做才能到。到了才知道，但知道了，还是没有到，这条修行之路没有尽头，在学中悟，在悟中修，谁做谁修，谁修谁得。

2013 年 9 月，我们第一次受邀去日本开讲，梓林学长在到达东京的那天晚上，给赴日公益行的志愿者提出了三个要求，也就是北大公益讲座志愿者的“六字箴言”：“专注、谦卑、喜悦”。专注地做好讲座这一件事，谦卑地修得圆融万象的境界，喜悦地接受所有发生，这“六字箴言”不仅贯穿于志愿者服务的全过程，也让我们在生活中，因此而变得不同，并在做到之后收获了全新的自己。

为了共同的愿，志愿者从四面八方聚合，一步一个脚印，脚踏实地共同走过了 700 场。过去已经成为过去，未来就在远方，等待着我们去跋涉，去探索。在回归慧命的旅途上，在追求光明圆融善的大道上，有你，有我，也有他。有你们，真好！

让当下决定过去，
改变未来！

2017 年 4 月 16 日
湖南湘乡东山学校

北大，我们共同的梦想

——在东山学校高三年级“未来不是梦”专题课程上的演讲

同学们：

想死你们啦！

再次迎来万物复苏春暖花开的季节，北大公益讲座又一次走进东山学校，继续践行“十年之约东山公益行”。算起来我们是“四进东山”，但 2014 年我们曾两次受邀来东山学校开讲，所以我个人是第五次登上这个讲台。今天，我特意找出了 2015 年的现场图片，那时你们还在就读高一年级，那也是我们的第一次相遇。同学们，你们能在 LED 大屏幕上找到自己吗？！

今天是 2017 年 4 月 16 日，我很愿意、很喜悦地与大家分享我这一年来走过的道路和自己的成长。最近，我终于“上北大”啦！

3 月 24 日，我在结束了丫山三阶（16 期）和福建公益行，完成了北大公益讲座第 700 场讲座之后，就带着自己走进了北京大学，在北大待了足足二十天，直到 4 月 13 日，我才依依不舍地告别北大，乘坐高铁到湖南韶山，再转车来到湘乡。

北京大学公益讲座是 2011 年 2 月由北京大学产业与文化研究所创办，办公室就在北大经济学院 228 室。当我走进北大经济学院，第一时间就去询问咨询台："请问咱们经院的办公时间是如何安排的呢？"

工作人员回答："早上 6 点钟开门，晚上 11 点钟关门。"我听了之后好兴奋："太好了，这就是我的工作和学习时间。"

于是，在北大的这二十天，我每天都徜徉在未名湖畔，从不同角度眺望博雅塔，在北大的校园里，穿梭于各个教学楼之间，走进不同的课堂，充分地享受在北大的分分秒秒。

就像刚才那位举手回答问题的女同学所说，我们来到世界上，每一次相遇都是一段缘分。2016 年 7 月，我在泰国清迈第六届世界青年佛学研讨会做义工的时候，认识了一位在北大法学院就读博士生的学长。所以，这次我就发微信问他，是否可以帮我拿到北大中国语言文学系的课表？

结果，虽然他当时并不在北京，但不到五分钟，我的邮箱就收到了他转发来的邮件——北大中国语言文学系的上课时间、地点、授课教授的表格，清晰明了。而他讲的一席话更让我感动："蔡元培老校长提出'学术自由、兼容并包'，就是让我们北大人要为能来到北大学习的每一位在读学生和非在读学生提供方便，何况您是专程远道而来！"

北京大学的确是全世界上最好的大学（不是之一）。最近，我从一位学者的文章中读到——

“在世界化的时代中，不同文明都会讲出自己的生活方式和理想状态，而北京大学以其独特的形式彰显了一种生活方式和理想状态，而成为了一种文明的载体。

“大学是否能够担当文明的载体，要看有没有这三种人。第一种是‘有志之人’，其学术志向不受金钱等外在条件的干扰；第二种是‘有学之人’，有真正‘流淌的’学问而非仅仅是‘论文作者’；第三是‘有趣之人’，既能够不同于流俗，又自得其乐之人。

“好大学是以故事而不是数字著称的。有故事的大学是好大学，体现一种精神的故事，才能代表大学的追求。纵观北大在中国的现代化进程中担任的角色，对社会风气的带动和塑造这些看不见的部分，奠定了北大毋庸置疑的地位。”

在北大驻足的短短二十天中，我深深感受到北大内在深厚的文化底蕴，而我又非常感激在自己的生命中，能够拥有尽情享受与北京大学亲近的美好时光。

2015 年 10 月 13 日，在北大公益讲座第 500 场暨深圳第 100 场的庆典活动中，我完成了自己的处女作，也就是大家手中收到的由深圳 003 吕静学长写序并捐赠的《春潮如歌——走在回归慧命的路上》。

2016 年 6 月 19 日，江西大余丫山国际志愿者村揭牌，全球志愿者撰写的关于丫山国际志愿者村的分享文章结集的《道源揽胜》正式出版，这是我主编的第一本书。

2017 年，我正准备完成个人的第二本书《夏雨轻风》，这是我计划出版的“春、夏、秋、冬”系列作品的第二本。同样，这本书记录了北大公益讲座和志愿者成长的点滴，以及我个人走过的心路历程。

2016 年 8 月，我做出了人生的一个重大决定，卖掉了深圳的房产，告别繁华喧嚣的都市，定居江西大余丫山国际志愿者村，正式成为志愿者村的村民。

这一路走过来，对于我来说，是从寻梦到圆梦的过程。因为我始终相信："不走出去，家就是我的世界；走出去，世界就是我的家。如果我不花时间创造自己想要过的生活，那我将花更多的时间，应付自己不想过的生活。"所以，我一步一步向外走，从我的家乡去到深圳，然后在美国待了一年之后，又返回祖国。命运最终还是让我与北京大学公益讲座相遇，实现了儿时的梦想，而在这一路走来的行进中，我从来没有忘记初心，没有放弃理想，并一直相信：梦想应该比现实更高出一点点。

今晚，我很希望与在座的千余位高三学子分享：每一个生命所能拥有的只有当下，无数的等待和期待，都需要当下来完成。未来的 50 天，不仅决定此前我们所有的付出和努力的意义，而且还将奠定人生未来的成长和道路。

高考对于我们所有人来说，都是一件意义十分重大的事情，尽管未来我们还有很多选择的机会，但这一次却至关重要。接下来的 50 天，让我们全力以赴，为自己的未来做一次冲刺，当我们把握住了当下，这个当下，不仅能决定我们的过去，而且将改变我们的未来。

2012 年 2 月 11 日，走进北京大学公益讲座那一刻，我就再也没有离开过，一直用自己的"做"，在证明我的"信"。现在，我可以笃定地说，这一路走来，我用每一个当下决定了自己的过去，并且改变了自己的未来。这是实证。

当我决定离开深圳，定居丫山的时候，有很多好心的学长和长辈提醒我："小心，不要冲动，被人利用！要给自己留一条后路！"我满怀谢意并真诚地回答："我一生最重要的财富都在我头脑里，我对未来充满信心。”

如果说后路的话，坚守善良就是我们人生的后路。一直坚持去做对人有帮助的事，未来的路一定会越走越宽广。让我们的内心装下更多的人，承担更多的事，最后让自己成为帮助别人成长的环境，这就是我为自己留下的后路。

每一次走进东山学校，在座的各位同学都给我们带来无穷的力量，在此，我想再一次祝福大家，在 2017 年的高考中，坚定自己的理想和信念，从当下开始，全力以赴去冲刺，让自己最终走进自己想去的大学。是的，让我们为自己鼓掌，也为旁边的伙伴鼓掌，这一次，让我们的当下决定过去，改变未来！祝福大家！

夏雨轻风

只要做，就能到！

2017 年 4 月 29 日
丫山国际志愿者村

45 天

2017 年 3 月 14 日，完成北大公益讲座丫山三阶（16 期）后，我暂别丫山，去了深圳、福安、北京、湘潭、长沙、南昌、深圳、东莞、香港。45 天，走过 9 个城市和地区，经历多场课程和分享会，4 月 27 号，终于踏上回家的路。

这次是我定居丫山后，外出时间最长的一次。回来放下行李，就迫不及待地约了大余 080 蔡瑛学长上山。两人在丫山咖啡馆“哆吧”喜悦畅谈，分享这次去湖南湘乡东山学校服务的感受，期间就不断见到丫山志愿者蓝色的身影。我俩不禁会心一笑：这感觉真好，的确是国际志愿者村，到处都是光明圆融善的灿烂笑容！

夜色渐沉，我们走过“的啦桥”，围着花海散步，不知不觉间，一股丫山独有的“山味”沁入心脾，那混合着泥土与阳光、森林与雨露的清新芬芳，在告诉我，这是家的味道，好熟悉，已经深深植入了记忆。

这 45 天，我听说丫山新项目正在如火如荼的建设中，所有丫山人都全情投入，不禁让我好奇：新项目到底建设得如何呢？因为，3 月中旬我离开时，上山途中那段毫不起眼的慢坡上，建设中的工地真是“一塌糊涂”，每天就见到挖土机在不停地挖，其他啥也看不出来。

很快，谜底就要揭开了，韩磊学长与我相约 29 日周六清早 7:30 出发，体验丫山的最新项目“A 哆森林”。

丫山腹地，卧龙谷中段，簇新的“A 哆森林”拱桥的醒目标识下，映入眼帘的是三辆颜色绚丽的大巴。走近车身，“滴滴”，电动感应门自动开启，宽敞舒适的双层巴士中间横立着多个扶手，细看下，两侧竟是多格卫生间，哇，太酷了，谁会想到这造型活泼有趣，有车轮和驾驶室的双层巴士，会是卫生间呢？！而且没有一丝异味，我为我们丫山人的又一创举而感到自豪和骄傲！

带着在巴士空间内感受的惊喜，我们继续前行，被安排卸下身上所有的物品，戴上头盔，拿上电筒，进入“地道传说”。在完全无法预知的管道中弯腰匍行，听得到自己的心跳，突然眼前一亮，咦，有两条道路等待我们的选择。一起进入地道的韩磊学长的大儿子舟舟，突发奇想，要和爸爸划拳，谁赢谁做主，因此我们就进入了一个新的拐点，哇，实在是够刺激……想想，我还是不要做剧透，让有缘人来丫山的“地道传说”探险吧！

出到地面上，我才了解到，整个地道遍布“A 哆森林”，一直通到“巨型蚂蚁”的心腹，这只 15 米长、4 米高的大蚂蚁的心脏地带就是“蚂蚁商店”。当然，这漫长的“地道传说”一路走来，绝不平坦，有着各种挑战等待着大家。而且，这条路是单向、非直线、不停歇的，只能前进，不能后退。

十岁的舟舟学长，最爱的项目居然是“超级兔子”，脱掉鞋袜，变身小兔子，一直蹦，蹦到了“鸟巢”，融入海洋球中，玩了一次又一次还不尽兴，汗流浃背，乐在其中，果真超级享受。玩得累了渴了，走到炫酷大巴边的森林美食汇，来一杯鲜滑奶茶加爆米花，单是创意无限的巨型杯子就趣味十足。不妨再来一杯“Hello Kitty”的杨梅汤，再吃上两块著名的丫山红糖糍粑，为身体加油……

在我们体验的时候，太阳越升越高，游人也越来越多，很多人知道今天是丫山“A哆森林”的试园日，就早早邀约家人亲友前来感受。在“森林探险”项目中，我看到不少游客勇敢地戴上护具，登上云梯，空中行走在树与树之间，但是没多久，也有人挂在上面，脚软告退，等待工作人员来协助——挑战勇气和体能的时候到了。

而“A哆森林”中，有两个令人期待的项目因近期降雨频繁而推延工期。一个是“阳明心园”。大余作为中国理学的发源地，丫山又是阳明心学的升华地，如何将阳明心学更好地推广并弘扬，丫山人用心设计了“阳明心园”，将阳明心学植入园中，让大家在开启身体多个感官的“暖记忆”游览学习之中，了解传统文化并引发讨论思考。

另一个万众瞩目的项目就是高达50米，总长300多米的“云中漫步”玻璃栈道。丫山是云做的海。在透明的玻璃栈道上，游客们脚踩竹梢漫步云海，举首邀月伸手摘星。丫山的这项游乐项目融入诗意人生，是如此自然妥帖，真正应了那句话：精心设计，随意发挥。

临近中午，越来越多的游人奔赴丫山，停车位已满，要实施人车分流，“A哆森林”的游乐项目也开始排起长龙。我看到各个岗位上的丫山员工们都沉浸在全力以赴的服务之中，看到自己的创意为游客们带来的欢乐，大家都兴奋不已。

“A哆森林”这个最新项目，是丫山人在60天内完成的。丫山景区董事长、大余000志愿者唐向阳学长一声令下，所有丫山人投入到紧张的奋战之中。提出创意、自建小组、自行设计、自行施工，这期间，大家不分职位，不分你我，全都进入头脑风暴状态，实行谁创意，谁执行。为了保证在五一劳动节推出这个全新的项目，所有人都拼了，常常有同事在冒雨施工，连夜加班，所有丫山人都变成了一个人。我们丫山精神反映在建设项目中，不仅是速度，更是精益求精！正是这种精神，让所有来过丫山的朋友无不钦佩和感动。

45天，我经历了一次个人成长的特殊历程，重回丫山的怀抱中，我见证了“A哆森林”的从无到有，又一次见证了我们丫山人的勇气和创造力，以及我们丫山人的坚持。这些项目的设计是独一无二的，简单有趣，令人耳目一新，又充分利用和发挥丫山的资源特色。

丫山又一次呈现新亮点，引爆“五一黄金周”的旅游热点，也引爆我们丫山人心中的小宇宙：只要做，就能到！

在生命的长河中，我们拥有无数个45天，祝福并期待着未来的45天、450天、4500天，我们每一个人都在自己的做到中，持续收获成长！

人与人之间的距离，
不是山与山之间的距离，
是心与心之间的距离。

2017年5月2日
丫山国际志愿者村

丫山与天坪山

5月1日下午4点6分，一声春雷在空中炸响，豆大的雨点迅猛地从天而降，急促地敲打正在丫山国际志愿者村游览的近万名游客。大家在毫无准备的情况下收到老天爷的邀请——“该回家啰！”毕竟，这是2017年“五一黄金周”假期的最后一天，太阳突然躲进云层，天色开始转暗，的确是到了该回家的时候了。

瞬间，越下越欢的瓢泼大雨拉响了丫山的警报，全体工作人员立刻总动员，进入一级战备状态，是否能顺利将近万名游客安全送下山，这是对所有丫山人的考验。

15辆观光巴士开始从各个景点疏导游客下山。道源书院、九成山舍、卧龙谷、“A哆森林”、哆吧、花海，游客从不同地方源源不断地冒出来，争先恐后地想尽快上车，工作人员冒着大雨，维护秩序，安抚情绪，将一批又一批的游客有序地送上车。

这场春雨可真是任性，非要下得尽兴才罢休，没完没了，淋漓尽致，整个丫山云海翻腾，完全被笼罩在雨雾之中，随着天色渐渐变暗，能见度也越来越差。

有谁能想到，上午还是晴空万里，下午老天却突然变脸！绝大部分游客都没有准备雨具，个个都被淋成落汤鸡，但大家也发明了不少新的避雨方式，搞怪有趣，让人忍俊不禁：有人用塑料袋套住头、裹住身子，在眼、鼻、口三处各挖一个洞来透气；有人找到废弃的纸箱遮挡头顶；也有父亲让儿子骑在肩头，儿子身上披了件斗笠，儿子得到庇护的同时，父亲也不被雨淋，可谓一举两得，自得其乐……

更有一拨贪玩的游客，懒理老天的邀请，趁机钻进“A 哆森林”的“地道传说”，继续在“蚁神秘道”中探险，玩了一趟又一趟，这个项目的工作人员也坚守岗位，陪他们一起嗨。

丫山人一直都把游客当作家人对待，胸怀“都是我”的原则和态度，在这个非同一般的紧要关头，所有人拧成一股绳，从淋雨湿身到嗓子失声，在暴雨中奋战 3 小时，终于在傍晚 7 点左右，合力将万名游客全部安全送达山下。这会儿，才长舒一口气：“YES，我们做到了！”

相信，在丫山国际志愿者村度过的 2017 年“五一黄金周”是难忘的，这次的假期游客人数创下了丫山景区开办以来的历史新高。而现场见证这一发生的还有一群特殊访客，他们是来自于重庆市巴南区二圣镇集体村天坪山的志愿者、村长、云林天乡的股东和家属们。4 月 29 日午后，他们一行 14 人跨越 2000 多公里到达丫山，入住花海客栈，30 日入住九成山舍，1 日转至道源书院。三天来，他们体验着丫山不同的住宿风格、观光景点和游乐设施，品尝着丫山的新茶及特色美食，心中不断升起好奇和疑问：这座美丽而神奇的丫山到底是如何打造出来的呢？丫山人怎么可以如此拼搏呢？天坪山国际志愿者村是否也可以复制丫山模式，同时加以创新，更具当地风格呢?

天坪山风景区是国家AAA级景区，距离重庆市中心38公里，景区面积约40万平方公里，四周群山逶迤，视野开阔。目前，景区已经建成梨园10000亩，标准化茶园10000亩，高规格花木5000亩，天坪山上的云林天乡，一年之中有10个月开满不同的鲜花，而美丽的圣天湖如同一块翡翠，镶嵌在青山之间。

重庆003志愿者熊英学长就是云林天乡的建设者之一。她和深圳003吕静学长相识相知，姊妹情深，常常被吕静学长朗诵的北大公益讲座原创诗歌所打动，所以熊英学长和身边的小伙伴还未曾接触讲座，就已经可以背诵多首讲座散文诗。正因为有了这段以诗会友的奇妙缘分，注定要展开一段“天坪山传奇”。

2015年3月，应巴南政府邀请，讲座走进重庆巴南，为当地党政机关公务员开讲了一场“从生命到慧命”；随后，我们在5月，再次走进重庆，来到天坪山，为当地农民带去一二阶课程。梓林学长与村长郑孝前学长深入交流探讨后，提出了建立天坪山国际志愿者村的初步构想；继而，在6月19日，熊英、谭静学长首次踏足丫山，参加丫山第2期讲师培训，丫山人的坚毅品质和恢宏格局给他们留下了深刻印象。

时隔一年，2016年6月19日，两人又再次携手来到丫山，见证了丫山国际志愿者村的揭牌仪式、全球志愿者围绕丫山写就的《道源揽胜》新书发布以及北大公益讲座第600场暨诗歌音乐舞剧《慧命之歌》的首演。这一次，他们实地考察了传说中仅仅用90天就建好的花海客栈——五星级的田园酒店，感叹不已：“丫山人真是了不得，说到做到，我们现在明白了梓林学长为何把北大公益讲座的讲师培训基地设在丫山，而且丫山成了北大公益讲座在全球的第一个国际志愿者村！”

2017 年 2 月底，吕静学长在重庆的新项目正式投产，邀请了一批资深学长现场见证这个美好的发生，我们也接受熊英学长的邀请，再度走进天坪山，在漫山遍野的油菜花中，领略云林天乡的美。

同行的大余 001 韩磊和大余 100 唐英斌学长对天坪山的农业产业化产生了浓厚的兴趣，看到郑村长亲力亲为带领农民在梨树上试验嫁接石斛，不禁打心底里赞叹，并约定 5 月相聚丫山。

2017 年 5 月 1 日晚 8 时，丫山与天坪山的建设者们齐聚丫山道源书院，展开了一次真诚的对话。丫山景区董事长、大余 000 志愿者唐向阳学长就天坪山建设者提出的各类问题，毫无保留地给予回答，双方共同探讨了村民关系处理、栈道投资建设、游乐项目设计、收益模式创新、企业文化打造等多个主题。

对于各界都惊叹的丫山建设速度，这一晚大家得到的答案：丫山速度唯一的解决方法就是丫山精神。让所有的丫山人得到充分肯定与尊重，并集思广益，将大家的创意升华并付诸实践，令梦想成真。第二天，天坪山的建设者们带着满满的收获告别丫山。

人与人之间的距离，不是山与山之间的距离，是心与心之间的距离。江西丫山与重庆天坪山，虽然相隔 2000 多公里，两地的志愿者却因北大公益讲座的缘分，怀着光明圆融善的共同心愿，走在了一起。相信北大公益讲座两年前原创的那首歌曲《天坪山传奇》不再只是用来唱颂，而会在不久的将来成为现实，因为我们共同拥有一个梦，并携手走在从生命到慧命的路上……

生命的品质在共同做到的过程中，逐步提升！

2017年5月6日
江西赣州

又是青年节

5月4日，对于每一个年轻人和曾经年轻过的中国人来说，这一天通常都是参加单位集体活动来庆祝的。而2017年的五四青年节，北大公益讲座的大余和南康志愿者也选择过集体生活——“拜访集体”。4日至5日，我们在赣州南康开讲了四场第一阶课程“从生命到慧命”，拜访了近400位有缘人，用自己的做到，赋予了这个青年节在生命中的特殊意义。

这组课程缘起于“南康三剑客”：001奚光旺、019吴峰、010刘洁玉学长。自去年成立“南康实体慧至堂”之后，他们定期组织举办分享会，共同学习共同成长。这一次，作为2017年南康的首发课程，他们携手并进，整合资源，将课程推广至企业客户、亲朋好友之中。

5月4日下午和晚上，过百人受邀走进“南康慧至堂”，共同分享生活的智慧，扣响慧命之门。5日一大早，我们来到南康大酒店的二楼宴会厅做课前准备。在布置场地期间，不断有穿黑色西服的领班经理前来探望：感谢你们下午为酒店带来课程，有需要协助的地方请尽管提出。仅从主动服务这点上，就让我们感受到了酒店人员不凡的管理素质。

接近10点多，又一位身着黑色套装、身材高挑、端庄和蔼的女士来到我和韩磊学长面前。自我介绍之后，才知道她就是南康大酒店的总经理裴凌女士。细聊之下，我们又了解到，原来，2016年6月18日至19日，她陪伴家人在丫山游览时，与北大公益讲座第600场庆典系列活动不期而遇。而6月19日正是丫山国际志愿者村揭牌的日子，虽然当时她不太清楚细节，但在花海，在A哆乡村活动中心，她见到一群又一群蓝色志愿者，整齐的着装，灿烂的笑容让她好奇并向往。于是，她带着家人也走进课堂，坐在最后一排旁听了一段课程，并观看了丫山民俗表演。当时，“光明圆融善”这五个字深深烙印在她的心底。

没想到，后来通过微信相册，她发现吴峰学长正是蓝色志愿者之一。在不断关注他的朋友圈分享，了解关注北大公益讲座后，裴凌女士终于提出，邀请讲座走进南康大酒店，为200位员工带来课程，虽然她自己并未完整地听过整场讲座，但她相信自己的决定。

于是，2017年5月5日下午2点，北大公益讲座第714场讲座在南康大酒店正式展开。诚如裴凌女士在微信个人相册中写下的文字：“很多事情说不清、道不明，一次偶然的邂逅，在丫山课堂旁听了几分钟的课程，被深深吸引，一直在关注，一直在寻找，感谢吴峰把这根线连接成心。

“三个小时的课程，几度无法控制自己，泪如雨下，重新认识自己，感受生命的体征、特征，韩磊学长轻松幽默、环环相扣的娓娓道来，确实引人入胜；唐岚学长无比走心的朗诵，每一句都走进灵魂，志愿者们全场无私的奉献与付出，让我们感知到爱的伟大、爱的力量。放下名、放下利、放下自以为是，从生命到慧命，轻装上阵。感恩感谢北京大学公益讲座，感谢各位学长，进步的道路上有你们陪伴，不孤单！”

课后，裴凌学长成为南康100志愿者，“南康三剑客”微信群就此更名为“南康擎天四柱”，相信，这四根“柱子”将撑起南康慧至堂的一片天。600场的邂逅，终于在714场落地，这113场的等待，注定一切的发生都有意义，生命中埋下的各种伏笔，只是等待我们去发现。

特别让裴凌学长感慨的是志愿者的角色转换。这两日四场课程，参加服务的志愿者来自于大余、南康、深圳等多个城市和地区，超过50人次。因为不是周末课程，大家都尽可能地调整自己的时间，赶来参加服务，课后连饭也顾不上吃，又匆匆返回当地，返回自己的生活角色。

而在生活中，我们每个人都承担着多个不同的角色：企业家、白领、公司员工、家庭主妇，孩子的父亲、母亲的孩子……但当穿上这一身蓝色服装时，我们拥有了一个共同的身份：北大公益讲座志愿者。大家在服务中，全然地放下社会身份，融入这一片纯净的蓝色海洋。

完成714场讲座后，志愿者整理物资，继续前行，去到酒店对面的赣州江西银行，准备晚上的讲座，为银行的同事和客户们送去一阶课程。而原定5月7日晚上，在大余池江镇卢屋村的一阶课程，因故调整至10日晚上，会场转至当地政府会议室，参加的人员拓展至更广的层面，我们服务的人群也因此增加。所以，人生的每一次转身，后面果真有个更大的在等待，我们除了感谢发生，还是感谢！

鲁迅先生说，世上本无路，只是走的人多了，也就成了路。我们欣喜地看到，走在这条从生命到慧命大道上的人，越来越多，大家在做着对人有帮助的事情的同时，收获了一个更好的自己，生命的品质在共同做到的过程中，逐步提升！

2017 青年节，我们共同度过；致青春的我们，永远年青！

下篇

北大公益讲座第500场主持语*

时　间： 2015年10月13日

地　点： 深圳市富临酒店

主持人： 唐岚

第一板块　缘起与使命

主持人： 2011年2月14日，北京大学公益讲座在北京创立，走过1700天，终于走进了第500场暨深圳第100场。2012年2月11日，我第一次走进北京大学公益讲座，走过1341天，今天走到这个舞台的中央。我和大家一样，曾经带着梦想，走到了这今天；今天，我们为了梦想，还将继续默默前行。下面，就让我们追本溯源，欣赏专题片《梦想者的天堂》。

---

* 根据“北大公益讲座第500场暨深圳第100场”实况录音整理。

播放视频：《梦想者的天堂》(略)。

主持人：北京大学，是梦想者的天堂。北大公益讲座的志愿者，从一开始就知道：不是现实支撑我们的梦想，而是梦想支撑着我们的现实。

2012 年 2 月 11 日，北大公益讲座第一次走进深圳，那是第 55~57 场。从那次算起，这次是深圳志愿者第 15 次邀请讲师团来鹏城授课。将北大公益讲座引入深圳的三位志愿者分别是柯言、兴旺、杨成墨。第一次课程结束，深圳就产生了 30 多位志愿者，现在深圳的志愿者团队已经发展到 800 多位，深圳也成为北大公益讲座志愿者人数最多的一个城市。

“一念一世界，一叶一菩提”。所有的这一切美好的发生，都源自于当初一个人的一念，因为他，才有了今天我们的因缘聚会。他就是我们深圳 001 柯言学长。

9 月 8 日，我们在东海花园召开了一个“第 500 场暨深圳第 100 场”的准备会议。当时我们在微信群里直播了会议的进展。梓林学长在微信里留下了一副上联：“风雨一杯欢聚酒，鹏城万里秉初心。”在共进晚餐时，柯言学长对出了下联：“星云三载圆融路，人间两果记真情。”

让我们用最热烈的掌声邀请深圳 001 柯言学长。他带来的演讲是《认真相信梦想》。

柯言：《认真相信梦想》(略，见《我们共同走过丛书》之四《繁星点点》，以下演讲省略部分同)。

主持人：感谢柯言学长的真情分享。这个世上，本来就没有路，路是人走出来的。1341 天，100 场，加上近 100 场的分享会，三年多来，深圳平均一个星期就有一次活动。下面，请看北大公益讲座在深圳走过的道路，全球首播《鹏城万里秉初心——深圳 100 场实录》。

播放视频：《鹏城万里秉初心——深圳 100 场实录》(略)。

主持人：这部片子的制作者是我们深圳的 155 志愿者谢辉学长。这是他独立制作的第一部片，这部片可以说是我们北大公益讲座有史以来记录深圳志愿者成长的最好（不是之一）的作品，大家说，是不是？(观众：是。)

在深圳举办北大公益讲座的第 500 场，是深圳的志愿者争取来的。今天，有这么多来自全国各地和海外的志愿者参加，是我们深圳志愿者的荣幸与骄傲。大家今天身上穿的文化衫，知道为什么是红色的吗？因为这是深圳的市花——簕杜鹃的颜色，别名三角梅，它象征着热情、坚忍不拔、顽强奋进、勇往直前的精神。

下面，我们来做个现场调查，看一看我们在场的志愿者都来自哪里，我们从最远的一个地方说起。首先，来自国外——日本来的学长在哪里？来自北京……大连……济南……南昌……天津……郑州……桂林……赣州……大余……廊坊……石家庄……重庆……好，深圳的学长在哪里？耶！

请借你们的双手，用最热烈的掌声再次欢迎身边的伙伴和自己的到来。让我们给身边的志愿者一个热情的拥抱，告诉他：“有你真好！”

有人告诉我：这样的关于生命的公益讲座，非北京大学莫属。

我当初就是因为闺蜜的先生——杨成墨——发来的一条短信，一眼看到是“北京大学”的讲座，就毫不犹豫地来了。

这样的一个讲座，为什么必须也应该是北京大学呢？有请 1985 年考进北京大学，然后获得中央党校硕士、中国人民大学博士的北京 000 志愿者王毅学长，他演讲的题目是《荣耀北大，荣耀自己》。

王毅：《荣耀北大，荣耀自己》（略）。

主持人：感谢王毅学长的激情分享，让我们对北京大学有了更深入的认识，也让我们感受到了做一名北大公益讲座志愿者应有的担当。

我们来做个现场调查，在北京大学读过书的，包括参加过北大各类培训的学长，请举手。不少，好，谢谢，请放下您的手。那么，从小就向往上北京大学的，请举手。哇，几乎是全部！

能够上北大是每一个中国人的向往，因为，北京大学是全世界最好的（不是之一）的大学。没有一所大学，能够像北京大学一样，在一百多年中，一直承载几亿、十几亿人的精神向往和追求；没有一所大学，能够像北京大学一样，走出一代人，直接改变了一个国家，并影响了整个世界；没有一所大学，能够像北京大学一样，成为一个民族追求“独立之精神、自由之思想”的圣殿；没有一所大学，能够像北京大学一样，以其“思想自由、兼容并包”而成为梦想者的天堂。北京大学就是这样，在每一个人心里，引领着我们走向光明，学会圆融，坚守善良。

请欣赏北京大学公益讲座创办以来，第一部完全原创的 MV。这是由北京 001 志愿者郭梓林作词，北京 007 志愿者邓柯作曲，北京 008 志愿者刘胡轶编曲并演唱，上海 322 志愿者斯韵创作沙画情节，请专业沙画师表演，并完成后期视频制作的最新作品，作为我们北大公益讲座志愿者献给北京大学的一份礼物。片名《就这样》，现在全球首播开始！

播放视频：《就这样》（参见第 160—162 页）。

主持人：是的，我们就这样：明知自己的力量很微弱，但是愿意去做；我们在做一件“明知不可为，而要去为”的事情；我们对世态炎凉看得清清真真，但我们还是愿意让心中的梦想，高出现实那么一点点，让梦想引领我们在这条公益的路上默默前行，因为，梦，才是最真的现实。北大公益讲座的志愿者，就是这样一群梦想者。在中国的大江南北，已经走过了 1700 天，并且还将继续坚定地走下去。请欣赏由大连志愿者合唱团演唱的《蓝色志愿者》，这也是全球首播。

播放视频：《蓝色志愿者》（略）。

主持人：在追求梦想，走向慧命，成就自己的道路上，我们最大的收获，是找回了自己的初心，因为这么多年来，我们的确跑得太快，跑得太远。所以，难免忘记了当初出发的地方，忘记了为什么而出发。请大家深呼吸一口气，调整坐姿，让自己处于最舒适的状态，闭上肉眼，尝试着打开你的天眼和慧眼，打开你全部的听觉，听听你灵魂的声音，由深圳 003 志愿者吕静学长朗诵《灵魂的求诉》。

诗朗诵：《灵魂的求诉》（参见第 142—143 页）。

主持人：其实，我们每一个人心中的善，都来自于自然。“人法地，地法天，天法道，道法自然。”“唯人也，得天地之精华而最为灵秀。”这个精华，绝不是无常肉体的无限欲望，而是灵魂与肉体统一的精神追求。

善不是学习，而是还原，还原到灵魂真正的渴望。事实上，只要我们安静下来，就可以听到自己灵魂的诉说，了解她一直在深情地呼唤，始终在守望并期盼着你的回归，她从来就没有放弃过……

诗朗诵：《灵魂的守望》（参见第 143—145 页）。

主持人：感谢来自北京的 024 志愿者杨玲学长的朗诵。在深圳课程的第一场，就是她的这样一个声音，打动了我们。深圳的志愿者曾经说：“杨老师，您的声音会杀人啊！”

2012 年 2 月 11 日，北大公益讲座在深圳图书馆首次开讲，我就是在那天第一次听到了她的声音，我的心，一下子被这个声音击穿了，从此一直跟随了四百多场，走到了这个舞台上。

稻盛和夫曾说：“人生不是一场物质的盛宴，而是一次灵魂的修炼，当生命结束之时，所有的一切都只能留在世界上，唯有灵魂跟着你走下一段旅程。”

北京大学公益讲座提出“文以载道、美文传道、以文修身”，是因为我们相信：物质越是发达，人们越是应该过着有诗意的生活；越是担心生命的短暂，越是不能没有对远方的思考。

北大公益讲座要用诗的语言，来叙说我们对远方的思考；我们要用走向远方的脚踏实地，来创造诗化的人生。

第二板块　讲座其实是讲做

主持人：从生命到慧命的过程，其实是一个从迷失到找回自我的过程。刚才，我们已经听到"灵魂的求诉"，了解了"灵魂的守望"。在探寻灵魂深处最幽微的感触时，我们会发现，生命中那些尚未被我们发觉的部分，一直都在。原来，我们愿意帮助别人，甘愿付出，享受付出，是爱在流淌，是爱在带领我们前行。

在听过《灵魂的求诉》和《灵魂的守望》之后，请听《爱的回应》。这是一首以美国电影《教父》主题曲为旋律，根据北大公益讲座的理念重新填词的新歌。

播放视频：《爱的回应》(略)。

主持人：北大公益讲座的第一阶第一期，只有30分钟的演讲、播放电影90分钟、播放课程音频60分钟。现在删去了电影和音频，完整版第一阶6个小时，完整版第二阶6个小时。9月，我们在海南试讲了一二阶连开的"慧命之旅"，已经是18个课时。

北大公益讲座最迷人之处，是我们在听完一二阶之后，还只是听到了2%，后面的98%，可以做无限的延伸，它就在志愿者分享和服务的践行中。

深圳012庞坤学长，自从2012年底加入志愿者行列以来，就活跃在各个慧至堂。他用自己的做到，改善了家庭关系、股东关系，改善了与自己的关系。他用自己的两个拇指在手机上写下了20多万字的分享文字，这也是今天大家将要收到的《我们共同走过》丛书之三《修行笔记》。下面请出深圳012庞坤学长，他带来的分享是《看见一个更好的自己》。

庞坤：《看见一个更好的自己》（略）。

主持人：感谢庞坤学长生动、深情、深刻地分享，他在这个台上的说就是他的做，他就是这么一个真实而有爱的人。

北大公益讲座最吸引人之处，是她的广泛性和平民化，只要有一颗向善的心，就可以加入，无分别，无界限。所以有人说：听了这样一个课程，不当志愿者，好可惜；当了志愿者，不跟，好遗憾。到底要怎样跟北大公益讲座？为什么要跟北大公益讲座呢？下面请出济南 100 刘建新学长分享《愉快地被“骗”进来》。

刘建新：《愉快地被“骗”进来》（略）。

主持人：我们看到建新学长自从跟随北京大学公益讲座之后，变得越来越圆融了，你们看看他的下巴、他的肚子，就知道我说的是真实不虚。

自从建新学长来了，我们的服装更加增色，我们也有了微电影，他用摄影机捕捉了大家动情而美丽的瞬间，给我们留下难忘的回忆。每一次拍摄，他都是任劳任怨。大家知道那个拍摄架子有多重吗？为了拍到最好的镜头，每次他都是大汗淋漓。所以每次拍摄结束时，我们都会对他说：“刘导，你辛苦了！”来，现在我们大家一起来。（众人：“刘导，你辛苦了！”）我们期待着这次 500 场的微电影在不久之后诞生，而且还会有更多的新作品出炉！

在跟随中，我们不断在发现自己，发挥自己，将自己的爱好和特长一点一点地融入志愿者的服务，在做的过程中，终于收获一个更好的自己。

在北京，有这样一位学长，位居资产几十亿的国企最高职位35年。他是在第300场的时候，走进了北大公益讲座的课堂，听完课之后他兴奋地抓起一件志愿者服，调头就走，他对敬萍学长喊："梓林学长知道我，我和他认识好多年了！"就是从那天起，他说他找到了自己的"命业"，之后他的退休生活完全融入北大公益讲座之中。下面邀请来自北京的248志愿者鲁瑞清学长，他给我们带来的主题分享是《我的慧命之旅》。

鲁瑞清：《我的慧命之旅》（略）。

主持人：感谢瑞清学长的分享。梓林学长不仅"忽悠"了我，"忽悠"了庞坤、建新，对我们说："你应该来做讲师啊！"也"忽悠"人家60多岁的瑞清学长，而瑞清学长居然一口就答应了。结果他走进了第300场课程。后来，他连续听了一段时间后，告诉我们，他发现北大公益讲座的确是"三无"。但不是我们所说的"无组织、无纪律、无收入"，而是"无知识、无理论、无逻辑"。他说，我越听越糊涂，我真的不知道这个课程应该怎么讲?

瑞清学长就是这么一个很倔的老头，大家知道他是学理工科并且是搞企业管理的，他行事风格大家知道是怎样的吗？一、二、三、四，然后下面分别还有1、2、3、4，他就是这么一个极其认真工整的人。今年8月份，在我们组织的"8月青岛缤纷夏日蓝色之旅"中，瑞清学长居然将我们的课程归纳整理得非常有条理，不仅找到了"理论"，还捋出了"逻辑"。而且他现在也成了最受志愿者尊重的一位讲师。让我们再次用掌声来谢谢他。

北大公益讲座最核心的文化是永远谦卑，因为我们都是从银河系回来的人，哪里还敢狂妄，只有脚踏实地地去做才是真实不虚。

我们在瑞清学长身上看到了什么是真正的放下，而真正的智慧是足以放下一切。

而放下一切，是为了什么呢？为了修我们的慈悲心和智慧心，我们愿意点燃自己生命的时候，就会发现：在我们的生命里，有一根用慈悲和智慧拧在一起的灯芯，在点燃自己的同时，还要去点燃别人。让我们一起走进光明，学习圆融，发掘善。请听寓言故事《慧命之光》。

今天，为我们朗诵《慧命之光》的是来自深圳的 168 志愿者贺晓敏学长，这是她的处女秀。所以请大家用热烈的掌声来鼓励她，支持她，邀请梓林学长上台为她点燃“慧命之光”，同时点燃我们心中的那支永不熄灭的蜡烛。

诗朗诵：《慧命之光》（参见第 165—166 页）。

主持人：感谢晓敏学长给我们讲这个寓言故事。一直以来，这个故事激励了无数志愿者为了一个更好的自己而默默前行。

北大公益讲座是讲“做”的文化，做到的“做”，做功课的“做”，说我所做，做我所说。在台上的说，就是自己的“做”。爱就是享受付出，这种付出，什么都不为，只是自己证明给自己看：我是一个善良的人。

学习不是为了创造距离。所以，北大公益讲座的志愿者，在走向慧命的路上，不仅是自修，而且还要承担起带领自己家庭成员一起共修的义务和责任，共同学习，共同成长。

大家都读过海明威的《老人与海》，下面，我们将送上北大公益讲座的原创作品《小孩与海》。这是一段真实发生的故事。今天的朗诵者有两位，一位是我们的深圳 036 志愿者宋传杰学长，一位是她和庞坤的女儿：深圳的666志愿者庞佳婕学长，有请小阳阳和妈妈一起上台朗诵《小孩与海》。

诗朗诵：《小孩与海》（参见第164—165页）。

主持人：感谢传杰学长和阳阳学长的精彩演绎。在《公益行》中，我们唱道："庞愿满腔，知难为，何必说憔悴。"这件事，是我们的"愿意"。人生不可能"事事如意"，我们只是力求"事事愿意"。只要我们带着"愿意"前行，所有的付出都是值得的，因为那是爱的付出。

第三板块　付出从分享开始

主持人：孩子是一面镜子，常常用无知的热情做着成年人不以为然的事情。我们花了大半生，可能到最后才会明白，在这个世界上，真正的伟大是单纯，真正的智慧是坦率，真正的力量是温和。

北大公益讲座的志愿者就是这样一群孩子，愿意一直葆有一颗童心，持续不断地一次又一次地默默去做。其实，当我们相信善良的时候，我们是在相信自己……下面请北京024志愿者杨玲学长为我们带来她的分享，题目是《相信善良，就是相信自己》。

杨玲：《相信善良，就是相信自己》（略）。

主持人：感谢杨玲学长的精彩分享，她的每一次分享，都非常感人。的确，其实我们现在已经明白了，不用等到人生最后一刻，才知道如何去爱，我们可以爱在当下，因为我们从现在就已经在做。

有人曾说，北京大学公益讲座最让人触动的，就是每一位的分享，因为每一次的真实分享，都会带给人不同的感悟。

我记得第一次跟着北大公益讲座去做服务的地方，是海南的华侨中学。为了满足孩子们和我们在一起的那种渴望，梓林学长在讲完一整天课程之后，决定给报名加入志愿者的孩子们开一场分享会。

而那天晚上，最后告别的情形，至今都历历在目。有一位女孩子走到杨玲学长面前，对她说："我可不可以叫您妈妈？您抱我一下好吗？"杨玲学长激动地说："可以的，孩子！"结果顷刻间，所有的孩子都围过来，叫她"妈妈"。

大家可以想象当时的场景。到现在我还记得在 3 月的海口，那个潮湿的夜晚，一群十多岁的孩子，听了一天的讲座，也只不过是几个小时，愿意抱着一个陌生人叫她"妈妈"，愿意把最真挚的感情奉献出来。对，因为妈妈是世界上最伟大的人！

我想看一看现场有多少位是做了母亲的伙伴，请您举手，哇！好，谢谢您，请放下您的手。我想邀请在座最年长的一位母亲和我们讲两句，大家猜得到她是谁吗？猜得到吧，对，就是我们梓林学长的母亲——缪凤现学长，北京 076 志愿者。

缪凤现：《在一起，真好》（略）。

主持人：谢谢，感谢郭妈妈的分享！真的是非常感人，每一次她和我们一起出行服务，不管身体如何，她总是带着笑容，坚持到最后一刻。她怎么能听完那么长时间呢，一天三个小时、六个小时，更长的课程一天是九个小时，她都做到了。

所以，人生就是一个惊叹号，人生不只是这样。到了 80 岁，你是否还愿意付出？是否还愿意上台给陌生人鞠躬？是否还愿意陪着自己的孩子远行？是否愿意把别人的孩子都当成自己的孩子呢？只要去做，人生予取予求。

我认识杨玲学长，已经有了1341天。我认识吕静学长也是1341天，她也是一位母亲。很荣幸，我俩被大家称为“深圳姊妹花”。她的公司已经有万余名员工，现在又在重庆开设了投资百亿的新工厂。我们知道每一位志愿者在做的过程当中，其实都是家人的成全和支持。下面有请深圳003志愿者吕静学长为大家带来她的分享《新的里程，新的起航》。

吕静：《新的里程，新的起航》(略)。

主持人：非常感谢吕静学长的分享。她很真实，位居高位，仍然愿意抽出时间来为陌生人做毫无功利的服务，贡献自己的资源来传播北大公益讲座。这些年来，深圳每一期的分享会，找的都是公益的场地，是不花钱的场地，吕静学长在里面其实做了很大的付出，深圳所开的这100场课程，其中超过50%是吕静学长的相关资源。当我们俩一起去推广课程的时候，对方都会很惊讶，这个企业家为什么是这个样子？为什么笑得这么灿烂，这么纯真无邪呢？她真的是用自己的做到，影响了一大批的有缘人。

下面让我邀请深圳002志愿者兴旺学长，就是兴旺发达的“兴旺”。梓林学长曾说过：做讲师要“胆大脸皮厚”。我们兴旺学长正是因为具备了这样一种品质，才认识了梓林学长，并走进了北大公益讲座。

那是2011年12月30日北京的一场高端报告会，现场听众有3000人。兴旺花了五万元，获得了坐在前两排的资格。最后一位主讲人上台时，是12:40，已经过了会议安排的吃饭时间。主讲人一上台就说："感谢主持人把最具挑战性的时间安排给我，我知道，这是求知欲与食欲剧烈冲突的时段……"在一个宏观经济的报告会上，主讲人居然让工作人员关灯，朗诵散文诗《灵魂的求诉》。30 分钟的演讲，八次鼓掌，兴旺学长被感动了。这位主讲人，就是梓林学长。

散场时，兴旺学长尾随其后，直接坐在了宴会厅的主桌上，与梓林学长一番交流，一番表态，结果就被"忽悠"到了北大公益讲座，成为深圳的 002 志愿者，参与策划并主办了深圳的第一场北大公益讲座。下面，我们听听他的分享，题目是《因缘具足》。

兴旺：《因缘具足》（略）。

主持人：非常美妙，因为是付出，所以快乐！我们都知道北大公益讲座是一堂修自己的课程，我们只有先把自己承担起来，才能承担我们的家庭，我们的企业。接下来，邀请一位有承担的学长，他就是桂林 001 志愿者陈仕燕学长。桂林慧至堂一直坚持每月逢 10 举办分享会。下面有请仕燕学长给我们带来精彩演讲，题目是《在付出中成长》。

陈仕燕：《在付出中成长》（略）。

主持人：感谢仕燕学长。用北京 076 志愿者梓林学长妈妈的话说，就是："北大公益讲座真是好神奇！好神奇！"

两年前，站在台上拿着话筒都会发抖不会讲话的人，现在拿着麦克风不愿意下台，仅仅是跟了两年的时间。还有一件神奇的事。前天，我在第 499 场时，主持完之后，几乎完全不能出声。可是，今天在第 500 场的课程中，从一点半开始到现在六点钟多了，我的嗓子不但没事，而且声音也越来越亮了，真的好神奇啊！

每一段因缘都是很奇妙的。北大公益讲座和江西大余丫山也有一段不一样的因缘，下面有请大余001志愿者韩磊学长带来他的分享。今天大家都吃到了丫山的月饼，我现在正式、隆重、庄严地宣布：谁没有吃丫山的月饼，是不可以报名丫山的课程噢！韩磊学长的分享题目是《原来是我的需要》。

韩磊：《原来是我的需要》（略）。

主持人：大家说精彩吗？是的，好期待听到韩磊版的“从生命到慧命”。相信不久的将来，想做讲师，必须上丫山。要连续讲上15天，不停地讲，才能拿到由梓林学长和丫山董事长唐向阳学长共同签名的讲师证，这样才称之为合格的讲师。大家有信心吗？（众人：有！）

第四板块　让生活更有趣

主持人：我们的生活不仅要有滋味，也要有品位。付出从分享开始，分享就是付出。分享可以是文字，是语言，也可以只是一个动作、一个眼神。北大公益讲座曾经两次东渡日本，为当地华人华侨开课，也有听不懂汉语的日本人在听我们的课时，只是听了简单的翻译也感动得流下了眼泪，下课之后加入志愿者行列。

而这一切安排的缘起，得助于中日文化的使者、中国国家歌剧院原著名男高音歌唱家——日本001志愿者程波学长。他今天也来到了我们的现场。在20世纪80年代，程波学长曾经和彭丽媛女士同台演出过《白毛女》。

大家常常说，“说得好，不如唱得好”，我们也听过“出口成章”，大家有没有听过“出口成歌”？想听吗？（众人大声答：“想！”）

那下面我们邀请来自日本的001志愿者程波学长为我们带来两首歌，一首是他最心仪的歌曲《母亲》，还有一首是即兴作词随口演唱的歌曲，用现编现唱的说唱歌曲来表达他此刻的心情。大家要知道，这可是150亿年来唯一的一次，因为此刻无法复制，将来也不会再重演。

程波：现场演唱（略）。

主持人：有人常常这么说，你不来北大公益讲座，我都没有办法告诉你现场发生了什么，这是真的。现在大家都有体会了。我们不知道还有什么办法，能把程波学长的这样一份爱，这样一种艺术表达传递出去，真的，来了才知道，不来真的无法知道。让我们再一次用掌声来感谢程波学长，真的是艺术界的大腕。

在我们今天的现场，还有一位学长也是能够“歌唱如流”。梓林学长曾经给他一个承诺：要让这个世界上听过《志愿者之歌》的人，超过看过《007》电影的人。他就是我们大连007志愿者张迪学长。张迪学长的分享题目是《放下就会得到》。

张迪：《放下就会得到》（略）。

主持人：非常感谢张迪学长，我们的分享越来越精彩。有人会问：你们北大公益讲座的志愿者到底信什么呀？我们会回答我们信“真、善、美”，或者说信“光明圆融善”。曾经，我们以“光明圆融善”为上联，征下联，结果北京的777号志愿者陈珂学长对出的“求真创造美”最工整。下面有请中央戏剧学院的教授，北京777志愿者陈珂学长给我们带来他的分享，题目是《光明圆融善，求真创造美》。

陈珂：《光明圆融善，求真创造美》（略）。

主持人：感谢陈珂学长的激情分享。在他身上我们看到真实才有力量，真实让人更加有趣，北大公益讲座就是要让我们找回一个真实的自己。

每一次我们梓林学长上台的时间，都是求知欲和食欲相交织的时刻，现在我们用最热烈的掌声邀请北大公益讲座的创始人郭梓林学长为大家带来他精彩的分享：《我们共同走过》。

郭梓林：《我们共同走过》（略）。

主持人：谢谢梓林学长。让我们继续向前行，默默前行，走在这条“光明圆融善”的大路上。下面我们请张迪学长带来我们今天的《志愿者之歌》，里面有各位学长今天下午的精彩影像，这次是最新版本的《志愿者之歌》，让我们一起来唱出共同的心声。

播放视频：《志愿者之歌》（略）。

主持人：我宣布北京大学公益讲座第500场暨深圳第100场到此圆满结束。

慧命之歌

（诗歌音乐舞剧）

诗词原创　郭梓林

编　　剧　唐　岚

第一幕　寻觅

音乐视频：《善的缘起》04:12

诗朗诵·双人表演：《灵魂的求诉》07:09

诗朗诵·双人表演：《灵魂的守望》04:10

第二幕　觉察

诗朗诵·双人表演：《假若自由明天来临》06:10

诗朗诵·多人表演：《回家的路》06:30

诗朗诵·多人表演：《孩子，真的对不起》06:04

诗朗诵：《妈妈，我想对您说》03:58

第三幕　了悟

诗朗诵:《人生真短》02:19

音乐视频:《一切都会过去》06:49

观众互动诗朗诵:《去去就来》04:10

吉他弹唱:《就这样》04:17

第四幕　回归

音乐视频:《岚苑晨曲》04:13

诗朗诵·多人表演:《小孩与海》05:12

诗朗诵·多人表演:《慧命之光》04:51

总时长：约100分钟

第一幕　寻觅

旁白：很久很久以前，有一根弦被神秘的力量拨动了，于是，一个奇点突然爆炸。从那时起，150亿年已经过去，后面还有多少年？我们不得而知。我们的生命，究竟是从哪里来，最终要到哪里去呢？我们这一刻的存在，到底意味着什么呢？为什么夜深人静的时候，良知会唤醒每一个人？

音乐视频:《善的缘起》04:12

奔波的人

请问你来自哪里

你可曾听说过善的缘起
她随着你的心
穿越了戈壁
多年以前丢失在迷茫的风里
多年以前丢失在迷茫的风里

修行的人
你是否心存疑虑
你可曾相信过因善而美丽
善良人的眼睛
永远都多情
可曾听见过天籁般悠扬的声音
可曾听见过天籁般悠扬的声音

戈壁滩上的驼铃
我问问你
你能否告诉春秋四季
不管是日落
还是黎明
善良人在享受着付出的欣喜
善良人在享受着付出的欣喜
用最美的笑容讲述善的缘起

旁白：其实，我们每一个人心中的善，都来自于自然。“人法地，地法天，天法道，道法自然”。善不是学习，而是还原，还原到灵魂真正的渴望。而在追求梦想，走向慧命，成就自己的道路上，我们最大的收获，是找回了自己的初心，找回那颗没有被功利主义和物欲横流所污染的初心。那是我们的灵魂安住的地方。

接下来，请大家深呼吸一口气，调整坐姿，让自己处于最舒适的状态，透过你的肉眼，尝试着打开你的天眼和慧眼，打开你全部的听觉，听听你灵魂的声音。

诗朗诵·双人表演：《灵魂的求诉》07:09

男声：此刻，你在吗？这是你的灵魂，踏着音乐的旋律，向你走来，对你诉说——

女声：很长时间了，我一直在追赶着你急促的脚步，可是你，却渐行渐远……

我知道，你已经觉察不到我的存在，就像你觉察不到呼吸的存在；

我知道，你很忙，实在是太忙了，忙到已经把我忘掉了。

可是你知道吗？你为什么有那么多的烦恼，并且与日俱增？

让我来告诉你吧，那是因为，你已经把我忘掉！

曾经，我为你插上了理想的翅膀。可是，你现在迷失到哪里去了呢？你已经把自己弄丢了！因为，你把我，弄丢了。

你在追求什么呢？那是你真正的要吗？

你所做的一切，是你的爸妈所期望的吗？是你的另一半所期待的吗？是你的孩子所期盼的吗？

你能有多少理由，还能有多少冠冕堂皇的理由，可以不顾及他们的期望、期待和期盼呢？生命，是用来创造爱的，不是用来迷失的！

如果连这些期望、这些期待、这些期盼，你都可以忘记，那么，接下来，你还能走多远呢？走得再远，又有什么意义呢？

不要忘记呼吸，它与你同存；不要忘记我，我与你同在。

有呼吸在，生命就在；有我在，生命就绽放光彩。

快回来吧，回到我的身边来吧，生命如此珍贵。让我拥抱你，让我和你在一起，让我永远、永远、爱你。

男声：这是你的灵魂，在向你呼唤，在对你诉说……

你听到了吗？

女声：听到了吗？

旁白：听到了灵魂的声音之后，我们会发现，从生命到慧命的过程，其实是一个从迷失到找回自我的过程。

当我们的追求越来越背离初心的时候，当我们不得不去做违心的事的时候，当我们为了某种观念而失去时间自由和思想自由的时候，我们尝到了灵魂与肉体分离的痛苦。我们并不想一直这样下去，却又不得不这样活着，因为我们有太多虚无的贪念：贪求拥有更多的物质和利益，占有更多的名气和头衔……为此，甚至心甘情愿地牺牲健康，牺牲亲情，牺牲家庭……

即使匆匆而急促的脚步，已经不再关照灵魂的存在，灵魂却始终不渝，从来没有放弃，只是在默默地守望，期待生命的觉醒，期盼慧命的到来……

诗朗诵·双人表演：《灵魂的守望》04:10

你问我　这条路可有尽头

我说　我会一直陪你走

就算是地老天荒

也会守望你的所有

夏雨轻风

所有的欲望失望与期望
所有的渴望盼望与希望
而你　在孤独的前行中
还在守望着什么呢

那叶小扁舟已在雾中消失
那朵小红花已随风儿飘走
那次怒发冲冠已不知为何
那场愁云夜雨已付之东流

喧嚣过后的寂静心海
醒悟之后的蓦然回首
早已忘却浪荡的虚名
从此放下执着的强求

只有纯真的微笑
还会映在春天的桃花沟
只有浪漫的情怀
还会举起金秋红叶的手

你问我　这条路可有尽头
我说　我会永远陪你走
任细雨冲刷往事
任微风带走忧愁

就是这样　从过去到现在

从现在　一直到永久

守望你的爱与恨

守望你的所有的所有

第二幕　觉察

旁白：所有的所有，一切的一切，对于一个生命来说，都是一次邀请。当我们找回了自己真实的存在，真正开始为自己活一次的时候，我们会发现：生命的成长，需要自由的空间和时间。因为自由是幸福的前提，幸福需要自由来支撑。

然而，只要有欲望，自由就不是一件容易的事，因为“但有所求，必有烦恼”，贪求即便没有让人走进监狱，也会让人走进自设的心牢。

这种心牢，存在于我们的思维场，它可以让人胡思乱想，颠倒梦想，妄念不断，噩梦相随，可以使人一直活在过去的纠结中，活在未来的幻觉里，唯独不活在当下。心在牢狱中，别人就不是别人，自己也不是自己。

然而，假若自由真的向你招手，你愿意释放自己，珍惜并享受真正的自由吗？

诗朗诵·双人表演：《假若自由明天来临》06:10

男声：假若自由明天来临，有一个声音踏着音乐的旋律，向你走来，对你诉说……

女声：清晨，当秋水共长天一色，你从睡梦中醒来，一眼看到了铁窗……

黄昏，当孤鹜与落霞齐飞，你带着疲惫的心，徘徊在高墙之下……

自由，你曾经拥有。就像小鱼儿，一旦离开了水，才知道，水是那么重要；

自由，你曾经拥有，就像小鸟儿，一旦失去了天空，才知道，笼子的味道。

当自由变成梦寐以求，当自由成为灵魂急切的渴望，当自由成为亲朋好友遥遥地企盼；生命之舟，却已经在这里停泊，开始一次人生的休整……

过去的，已经成为过去。

是的，一切都会过去！人生所有的忍受、承受，最终都要通过接受，才能到达享受。

痛苦与磨难，可以让人获得智慧。这一次磨难，与其说是一种偿还，不如说是一次警醒！

当你重获新生，从这次经历中得到的，是生命的智慧呢，还是一次生命的浪费？这是灵魂对你的拷问！

你，不能白白度过这一生；这一生，也不能白白经历这次刻骨铭心的磨难。

假若，自由明天来临，你准备好了吗？

当你迎着朝阳，走出这道院墙，有一条河，是属于你的，虽然，这条河不会清澈见底，肯定会有浊流和险滩，那时，你会像鱼儿珍惜水一样，珍惜自由吗？

当你沐浴晚霞，走出这道院墙，有一片天空，是属于你的，虽然，这片天空不会永远湛蓝，肯定会有乌云和雨电，那时，你会像鸟儿一样，享受自由吗？

男声：假若，自由明天来临，你准备好了吗？

旁白：裴多菲说："生命诚可贵，爱情价更高，若为自由故，两者皆可抛。"这首诗充分突显了自由的价值。其实，生命就是这样一次寻找，寻找那个真实的自己，寻找自己真正想要的。人生最后所拥有的，只是经历一次的机会，生命中的每一个发生，其实都有着非凡的意义，它会让我们获得智慧。而智慧的获得，需要用心，用心去感悟每一个发生背后的意义，用心去洞察并把握可以让生命成长的每一个机缘。

回望过往，我们从遥远的地方走来，一直在寻找一个家。这个家，是身体休息的地方；这个家，是灵魂安驻的地方。

远远地望去，那片蓝天，那条小河，那扇大门，那盏灯火……无不充满人间的温暖，那里有真正的安全，那便是家的方向。

诗朗诵·多人表演：《回家的路》06:30

男声：为什么会有夜晚？夜晚是为了让人打开天眼和慧眼，把目光转向内心，问问自己：从哪里来，要到哪里去？

女声：很久很久以来，我一直在寻找一个家，一个原本就属于自己的家。那里，有真正的自由自在，那里有绝妙的清静清凉。

曾经，妈妈就是我的家。妈妈温暖的怀里，有甘甜的乳汁，有温馨的抚慰，有生命需要的一切的一切！

后来，小小的餐桌，就是我的家。坐在那张餐桌上，吟唱动人的童谣，聆听美丽的传说，幻想遥远的天堂。

再后来，那扇大门里边，就是我的家。虽然有些拥挤，却完全可以遮风避雨，家人相互关爱，共同创造梦想的未来。

再后来，我又有了一个新家。新生命从此诞生。他也是来找家的，眼神好纯真，好感人！我知道，我有责任帮助他，从这个家到未来的家，一直到，最后的家。

今天，当我走过了漫漫的人生长路，开始渐渐明白：其实，那个原本的家，就在我的心里。如果，心都是空的，那就什么也没有了！

家，是一颗赤子的心；心，是每个生命最后的家。

我们终究要离开妈妈的怀抱，而且一切都会过去！最后的家，只是在心里，在每一个生命自己的心里！

而回家的路，在哪里呢？究竟在哪里？

男声：心在哪里，回家的路，就在哪里。

旁白：家是每个生命的港湾，孩子都是降临到人间的天使，从初生的婴孩，到蹒跚学步，到咿呀学语，我们最终都会长大，我们处在各种关系之中，并祈求圆满，然而，我们常常发现，最难处理的关系，竟然是与自己最亲密的人之间的关系。

面对孩子的成长，需要的不仅仅是倾听孩子的声音，同时还应该追寻自己心中母爱的光明，把孩子还给他自己，让他自由地去飞翔，这样才能与孩子一起共同成就更好的彼此。

诗朗诵·多人表演：《孩子，真的对不起》06:04

孩子　此刻
看到你熟睡的样子
我不禁流下了眼泪

我知道　你在梦中
还在挣扎　还在追问
妈妈　你为什么会这样
妈妈　你为什么要这样

你来到这个世界
给我带来了
无尽的快乐和幸福
让我懂得了母爱的伟大
看着你在我怀里笑得那么甜
看着你在我身边玩得那么欢
我会忘记时间
完全进入无我的状态

可是　不知从什么时候开始
你成了我的负担
成了我的心病
你开始跟我作对
我也开始好烦你哦
我的工作压力　实在是太大了
而你的学习压力　也越来越沉重
我没有办法告诉你　我有多难
但我知道　你也过得不容易
我知道　你在成长
想自己决定自己的事情
于是　你开始察言观色

夏雨轻风

利用家庭关系　改变我的决定
我知道　你不愿意被我强求
想拥有更多的自由
想尝试更多学习之外的乐趣
于是　你开始对大人撒谎
可你知道吗
孩子撒谎　是父母的失败
所以　那一次　我完全失控了
我知道　你也惊呆了

就在那一刻
你和我　好像相隔十万八千里
就是从那一天开始
我怀疑你说的每一句话
孩子　我的心　好痛
曾经的幸福和喜悦
从此　渐行渐远

想起你天真烂漫的童年
我不停地问自己
是不是更喜欢小时候的你
是你的成长
让我失去了你
还是我过于强势
让你变得不再可爱
是我恨铁不成钢

总是啰里八嗦
还是你开始叛逆
追求属于你自己的人生

每当夜深人静
我一遍又一遍地
在心里苦苦地问自己
为什么会这样
难道是我的错吗

现在，我终于明白了
这一切的发生
是对母爱的考验
考验我　爱你到底有多深
考验我　爱你有多少智慧

孩子　真的很对不起
我一直都没有把你还给你自己
既然把你生下来了
就应该帮助你成为你自己
我总是用大人思维
评判你的所思所想
我总是用对错是非
看待你的言行表现
我没有倾听的耐心
却一味要求你必须服从

夏雨轻风

我把母爱
做成了你沉重的负担
我用牺牲
使你带着负罪感生活

真的对不起　我错了
孩子　真的对不起
我知道得太晚了
现在我已经醒了
我在等你醒来

我要擦干你眼角的泪水
我要再一次紧紧拥抱你
让我们的心永远在一起
我不再对你有任何的强求
而且永远给你充满信任的爱
让你带着我的爱
轻松地去飞翔
去成就一个更好的自己
孩子　真的对不起
我在等你醒来

孩子　太阳　就要升起了

旁白：母亲，是孩子最安全的庇护所，孩子，是妈妈全部的爱。当母亲心中的太阳，再一次升起，母爱的温暖便带着智慧的光芒，把对生命意义的理解，对生命传承的理解，对因果相续的理解，对生命效能的理解，融入彼此的生命，并一同升华，这个时候的母爱才具有了穿透人心的力量，并且成为创造力量的力量。

母爱的觉醒是世界上最伟大的觉醒，只有母爱觉醒了，才能听到孩子的心声。

诗朗诵：《妈妈，我想对您说》03:58

妈妈
每当我看到您
就什么也不想说了
因为从您的眼睛里
我看不到曾经的信任
因为从您的脸上
我看不到曾经的温暖
看到的只是
您强忍着的愤怒
和由内而外的抱怨

妈妈
我知道　我没有您想象的那么好
为了不让您生气
我一直活在恐惧和不安之中
每天期待着您晚一点回来
第二天早一点出门
这样　可以让我多一份清静

妈妈
我们过去在一起
可不是这样的
您的脸上　永远是阳光
您的眼里　装着满满的爱
而现在　您阴沉的脸
在告诉我　您在为我纠结
我知道　您已经对我失望
因为我不可能实现您的梦想

妈妈
我真的好爱您
没有您
我就不可能来到这个世界
就不会知道母爱是这样的伟大
妈妈
我多么希望您
还能像看到我的第一眼时
那样喜悦　满足　自信

妈妈
我想对您说
我是您生命的延续
我身上流淌着您的血
我们的心永远在一起
所以，我知道

只有让自己好
对方才会好
没有对方的喜悦
就没有自己的快乐

妈妈
我真的好想让您　以我为荣
但最后的结果
未必是您设计的那个样子
因为　我走不了您的老路
因为　我有自己的功课要做
只是请您对我放心
只是请您为我祝福
我会用您的爱激励自己
不断走向光明
学习圆融
坚守善良

妈妈　我真的好爱您

第三幕　了悟

旁白：母爱是生命最伟大的传承，而生命传承的过程是一次又一次的轮回。因为是轮回，所以，即使生命如此短暂，却还是让我们拥有了重新选择的机会。因此，珍惜时光，说到底是珍惜人生中的每一次选择，而更重要的是：不作选择，也是一种选择！于是，我们不但需要知道“少壮努力”与“生命价值”的关系，更应该知道把最好的时间用在最有意义的事情上。

诗朗诵：《人生真短》02:19

刚刚，还伸出双臂
拥抱清晨的霞光
嘴唇，却已经触碰到了
黄昏灿烂的脸庞

刚才，还漫步在田野
把初春的美艳欣赏
转眼，金色的秋叶
已纷纷醉倒在山冈上

心，仍然风华正茂
充满着激情与梦想
岁月，却漂白了乌发
矫健已换作步履蹒跚

光阴，实在过得太快
领悟，总是来得太晚
因为太短，更须珍惜当下
因为珍惜，才走向诗与远方

旁白：总有一天，我们会发现，这一生所有的因缘，所有的相遇，只是让我们了悟：一切的发生都是来成就我们的，让我们有机会在这一生中，具足所有的智慧——这才是一切发生真正的意义所在。而爱，说到底是一种造境的智慧。爱，不会留下别的什么，爱只是留下爱。否则，浩瀚的宇宙哪里会有我们的一席之地呢？

音乐视频：《一切都会过去》06:49

茫茫宇宙，浩浩太空。

我们的生命，原来是这样一次偶然。

我们只是拥有经历这一次的机会。这一次，究竟是为什么而来呢？

所有的表扬会过去，一切的赞颂也会过去，冷嘲热讽会过去，诽谤中伤也会过去，喜庆与欢乐会过去，苦难与忧伤也会过去，权力与财富会过去，身材与美貌也会过去……

既然，一切都会过去，当这一切过去之后，我们又能带走什么呢？唯一能带走的，就是一个更好的自己。当这一切过去之后，我们能留下什么呢？

人生，为自己或许能够得到成功。但成功终究也会过去。人生只有为了别人，才可以留下，留下一片光明圆融善。

还记得那朵小红花吗？还记得那次痛心疾首吗？还记得那次实在过不去吗？现在，一切都过去了。

在这个世界上，但凡你想要的，只要你努力了，假若上帝还不肯给你，那一定是因为后面有个更大的、更重要的在等着你。

能够让你放下的唯一的理由，就是你看到了，后面那个上帝为你准备的礼物。生命是一次寻找，寻找你真正应该要的。

生命是用来追求价值的。人生最重要的价值，究竟是什么呢？是心中的光明，是对外部世界的圆融，是那个引领一切的善。她——就在我们每一个人的心里。

旁白：如果你看到冬去春来，花开花落，你会相信人的生命，也如枯木逢春吐出新绿一样，还有机会重新再来吗？

如果注定你在地球上要存在一万年，你是选择一次活一万岁，还是选择每次活一百岁，活一百次呢？

如果一个生命结束之后，还会通过另一个身体重新开始，你是否相信两个生命之间还会有某种联系？

如果一个生命的去与来，只是一枚硬币的两个面，你会相信因果也能穿越时空吗？

生命的可贵不仅在于她只有一次，而且还是如此的短暂。在这样一次短暂的生命过程中，我们唯一能拥有的就是经历这一次的机会，我们唯一能带走的，只是一个更好的自己。

观众互动诗朗诵：《去去就来》04:10

终有一天
太阳如约升起
我已经不能伸出双臂
拥抱每一缕爱的阳光
但我会用最后的情怀
感恩一切
因为心中有爱
只是去去就来

终有一天
我知道
要与眼前和身后的一切
做一次短暂的告别
要到那清静的地方
接受洗礼
准备再次出发
只是去去就来

终有一天
我知道
走后会有人用哭泣送我远行
我将带着微笑从容挥手
生离死别不过是一次次功课
迟迟早早
大家都会了解
只是去去就来

终有一天
我知道
如果满怀喜悦结束这一次
下次再来一定会更好
光明可以穿越三界
抱着相信
带着至慧重返

只是去去就来

去去就来
去去就来
没有悲哀
无须徘徊

去去就来
去去就来
心中有爱
此去如来
此去如来

旁白：生命就是这样，可以来，也可以去。来去之间，构成了生命的全部意义，而在这个过程中，每一次遭遇的发生，都不是偶然，而是老天安排的功课，没有公平与否之说，也不谈是否有效率，只是安排，这些安排是为了让我们可以学习并得到成长。

就是这样，我们从四面八方走来，走进这个成就梦想的天堂。

就是这样，我们带着对慧命的美好憧憬，愿意被伟大的精神所引领，走向光明，学会圆融，坚守善良。

吉他弹唱：《就这样》04:17

你就这样
远远地站在那里
我望着你

就像看到我自己

清晨的薄雾
让你变得朦胧
我看不见
你要去的远方

黄昏的金辉
洒遍你的全身
就像洒在
我静静的心里

你是我的念
我的想被你主宰
光明圆融善
是区区一念的追寻

你就这样
默默地点燃自己
光而不耀
暖流涌进我心里

明媚的春光
照亮弯曲的小路
别无他念
随你去那远方

清新的秋风
舞动未名湖的岸柳
无需言语
已经意足心满

你是我的灵
我的魂被你牵萦
和你在一起
生命开始走向慧命

第四幕 回归

旁白：当生命开始走向慧命，就意味着在自己的心里许下了一个承诺：愿意追随自己的心，放弃外在的炫耀与喧闹，让内心平静，让自我强健；愿意用自己的做到，去成就一个更好的自己；愿意以一个更好的自己，融入善良人的队伍，共同学习，共同成长。说到底，回归真实的自我，就是回归自然。

音乐视频：《岚苑晨曲》04:13

此刻，我在丫山的怀抱里，凭栏远眺，群山婀娜，万里无云，天地相融。

何曾想过，奔波于城市的车水马龙之后，我会驻足山间，尽情享受这般寂静与安宁。让自己真正拥有自己。

眼前这片竹海，碧波荡漾，每一个生命都在摇曳自由，仿佛在告诉我，是风给了它们舞动的力量，而我心中的风，又来自哪里呢?

仁者爱山，智者爱水。在这片山水之间，是拓荒者的精神，曾经感动了一群蓝色的梦想者，而我正是随那梦想，让自己的心，在此安驻。

在大自然面前，人是多么的渺小。左边这颗苍松告诉我，它已经活过 300 年，右边这块巨石告诉我，它已经在此守候了 3000 万年。

我不知道，100 年之后，我会在哪里，但我相信，一定有人会来到这里，回顾 100 多年前，有一群蓝精灵，带着梦想走进了这座大山。

我知道，他们会穿越时空，来了解这群蓝色志愿者的情怀，他们会发现：正是这片天地，这方山水，孕育了无数因善良而美丽的生命。

我们来到这个世界，会面临无数的选择，而每一次选择，都会有一个相应的结果。人生没有如果，只有结果和后果，重要的是选择的智慧。

慧至何处，归于尘土。生命，是一次传承。一个生命终将成为其他生命成长的土壤，这是大自然最美妙的安排，彰显了我们来此一次的意义。

此刻，我在丫山的怀抱里，吸收天地之灵气。感恩上苍，让我能够在这里，将诗融入生命，带着光明圆融善，一直走向慧命的远方……

旁白：仁者爱山，智者乐水。生命一旦融入自然，智慧便开启了：一个人只是为自己，是多么的渺小。而当我们愿意因善而来，为善而行的时候，其实只是在做一件找回初心的事情，只是表明我们更愿意让自己回到童年的纯真，永远葆有一颗善良的童心，尽管我们明知自己的力量很微弱，而且我们对世态炎凉也看得清清真真，但还是愿意让心中的梦想，高出现实那么一点点。

因为，童年的梦，才是最真的现实。

诗朗诵·多人表演：《小孩与海》05:12

几年前，我第一次到大连。

那天早上，我来到海边散步，欣赏大海，仰望大海，遥望大海……走着走着，我看见一个小孩。那时，正是大潮退去，沙滩上、石头边，在一些坑坑洼洼的地方，有些小鱼、小虾、贝壳、海星没有来得及回归大海，就被搁在大海的沙滩上。

这个小孩弯下腰，捡起这些小鱼、小虾往海里扔，送它们回归大海。

这一幕，也被前面一个大人看到了。这个大人走过来对小孩说："孩子，你是扔不完的。"

孩子头也没有抬，继续捡着、扔着，捡着、扔着，然后说了一句："我知道，但是它们很可怜，我要送它们回家。"

这样一个生命对另一个生命的付出，让我的心，感到震撼。

是的，我们在这个世界上确实做不了太多；我们在帮助别人的时候，能做的确实非常有限；但是我们这颗心，是这颗心，它在支撑着我们全部生命。

今天，我终于知道了：为什么我们都热爱蓝色，因为那是大海的颜色。

热爱大海的颜色，就是要有一份像大海一样的爱。

只要有这份爱，我们希望每一个被我们遇到的生命，能够活得更好；

只要有这份爱，就会让我们的生命，愿意对另一个生命有所帮助；

只要我们有这颗心，我们自己的生命就会永远充满光明圆融善。

旁白：坚守善良，不仅需要一腔热血，而且需要百折不挠。一份真诚如果发自内心，就会有持续的力量。善良，与其说是在帮助别人，还不如说只是为了成就自己。当我们点燃自己的时候，不仅彰显了自己存在的价值，同时，也在得到源源不断的支持中，看到了在不完善的世界里，我们自己心中那份永恒的光明。

诗朗诵·多人表演：《慧命之光》04:51

这支蜡烛被点燃了，这个生命被激活了，它在燃烧。在它的核心部分，是一根用慈悲和智慧拧在一起的灯芯。这根灯芯在燃烧。它的身体也已经全部融入了燃烧。它坦然而快乐地燃烧着，给周边的世界，送去了光明，送去了温暖。此刻，周边的空气，正在向它靠拢，为它提供燃烧所需要的全部氧气。

一个生命在付出的过程中，已经得到源源不断的支持。这就是宇宙的法则。

这一切，是你此刻真正的看见。

下面，请闭上你的肉眼，请打开你的天眼和慧眼，请打开你全部的听觉。让你的三觉合一，托起你的心，升腾，向上升腾，升向天空，升向太空，升向你可以到达的境界，在这样的一个高度，你已经可以看到生命的全部意义。

生命是为了让你看到这颗心的，生命是用来成就这颗心的。你的心，此刻与浩瀚的宇宙同为一体，你的心本来就是如此博大。现在，你真正看到了人的渺小，更看到了，博大的心量，可以使你的生命变得伟大。

一个有心量的生命，才是你最值得珍惜的财富。

请你记住今天的这一刻，你的生命已经被点燃，这是你最真实的看见。

不论外面的风有多大，不论今后你走到哪里，请你一定记住：你的生命曾经被点燃过；你是一支有灯芯的蜡烛，这只蜡烛的灯芯是由慈悲和智慧拧在一起的。

生命需要点燃自己，而且需要去点燃别人，找到那些与你同样被点燃过的生命吧，和他们在一起，相互支持，相互再次点燃。

在燃烧中，生命的光和热会给你带来力量，所有的氧气会向你靠拢，大家会支持你，热爱你，让你成为一个更好的自己。让你的生命真正到达慧命，这是你这一生，活着的全部理由。

旁白：物质越是发达，人们越是应该过着有诗意的生活；越是担心生命的短暂，越是不能没有对远方的思考。今天，当我们用诗的语言来叙说我们对远方的思考，当我们以走向远方的脚踏实地，来创造诗化人生的时候，我们并没有忘记，我们为什么而来，要到哪里去，生命会因为我们的这个选择，走向慧命，从而展现她的崇高和伟大！

（落幕）

楚湘风[①]·一别深圳

（2016年8月22日）

小楼[②]昨夜风雨声[③]，飞鸽[④]相伴意沉沉。十五载[⑤]，往事从，旧梦依依到清晨[⑥]。落花点点，路人熙熙，一骑飘逸是绝尘。春潮当如歌[⑦]，夏雨伴轻风[⑧]，双秀峰[⑨]上把酒斟。但见那，雾中岚苑[⑩]，竹海翩翩，谁将仙境比鹏城[⑪]？惊回首，卧龙谷[⑫]下，花海客栈[⑬]万盏灯。

注：

①“楚湘风”是作者自创的词牌名。

②我在深圳罗湖区华丽花园日华阁的住宅。

③搬出小楼的前夜，深圳下起了倾盆大雨。

④一只躲雨的白鸽，藏于阳台的下水管道上。

⑤2001年从美国回到深圳，我买了这套房子。

⑥忙了一天，最后一夜，居然没有丝毫睡意。

⑦我出版的第一部著作《春潮如歌》。

⑧即将出版的第二部著作《夏雨轻风》。

⑨双秀峰，位于江西大余县，即丫山的别名，是我即将去定居的地方。

⑩在丫山顶上我的新家，叫“岚苑别墅”。

⑪鹏城，即深圳。离开深圳，多有人不解。

⑫卧龙谷是丫山的重要景点之一。

⑬丫山国际志愿者村的客房部，为“花海客栈”。

附 《楚湘风·一别深圳》解读

佚名

据作者介绍，她于 2001 年，从美国回到深圳创业时，买下了罗湖区华丽花园日华阁的一套三居室。年初决定将这套住了 15 年的房子卖掉，迁居江西大余丫山 AAAA 级风景旅游区。

2016 年 8 月 20 日，在完成了售房手续即将交房的前一个夜晚，深圳下起了倾盆大雨。第二天早起，作者多有感慨：这一次“出走”与以往不同的是，将不再回来。于是，填写了这首告别词。

细细读来，这首词分为上下两部。上部描写了写作当时的情景和感受：

“小楼昨夜又东风”，是李后主的名句。以“小楼昨夜”开场，颇有伤感的意味，又加上风声雨声，声声入耳。作者想起昨夜下雨，去拉窗帘时看到的那只白鸽，是的，昨晚就是它在深情地陪伴，此刻既感到欣慰，又生出离别之情，因为，这一走，不再有相见的机会了。

转眼，在这个空间生活了 15 年，一幕幕生活场景，呈现在眼前，往事知多少……就这样，毫无倦意，看着自己“人生电影”的回放，不经意间，一缕晨曦已经照进窗台。到了要说再见的时候了……

从窗台望出去，经历了半夜的一场大雨，落花残叶洒满大街小巷，路上行人，依旧熙熙攘攘，与往常并无二致。而当作者看到这些习以为常的场景时，心中却升起了不平常的情感，因为身处的这套房子已经易主，今天交房，晚上将客居酒店。（作者事后透露：托运完发往丫山的生活物品之后，当晚便住进了毗邻深圳火车站的香格里拉酒店，并选了最高一层，在那里独自俯瞰整个深圳，感慨万千：当年正是从这里，开始了在这座城市创业的第一步。）明天就要离开深圳，启程前往丫山，成为国际志愿者村的新村民。当然，因为这个决定是深思熟虑的，所以，作者此刻那颗自由自在的心，已经冲着梦想中的丫山以及对人生未来的美好憧憬，一骑绝尘，飘逸而去。

下部，是作者对未来生活的憧憬和期许：

那个新的家，会让她的创作灵感，如春潮般奔涌，并变成一首首如歌的美文；沐浴着夏雨轻风，享受着财务自由、时间自由、精神自由的生活，那是多么的惬意。在双秀峰上，每当各地志愿者来到丫山时，便以主人翁的身份宴请大家，饮酒品茶，吟诗作对，何其快乐融融。

回首望见，雾中的“岚苑”——她的新家，就在竹海翩翩的林中。大家羡慕之余，不禁想起，曾经有人好心相劝：离开深圳是一个损失。但现在大家都看到了：此番仙境，对于她这样一种人来说，怎是鹏城的喧闹繁华好比。

带着众志愿者，回到岚苑，夜幕已经降临，从书房来到阳台，回首眺望卧龙谷的尽头，那里是丫山国际志愿者村的“花海客栈”，此时已经万盏灯火，各种文化活动热闹非凡。

作者行文至此，虽言犹未尽，却已彰显其“乐在山林竹海中，与文相伴终不悔”的情怀与决心，尽管未来永远不可预测，却也为读者留下了无限的想象和回味的空间。

丫山诗

（2016年10月1日）

丫山的啦桥

和这座山一样
我们愿意承担
让有缘人尽享快乐
多一抹云有何益
多一滴水有何用
全部还给世间
全部留予后人
只要你愿意
匀出一点时间
共享这片山水

和这座桥一样
请你走过去
又是一片天地
桥头那块石
叫作的啦石
为你揭开人生秘密
让你不再纠结得失

请伸出你的手
给一个承诺
走进我们的梦里

注：太阳系第一座“的啦桥”和第一块“的啦石”，在丫山国际志愿者村落成。2016年国庆节，迎来来自全国各地的游客……

怀云茶亭偶得

云卷云舒怀云亭，雾起雾消岚雾新。
坐定丫山听妩媚，水流花开清静心。

附1　无题

——和唐岚《丫山诗》

志峰　北京志愿者

花开花谢花有意，潮起潮落潮无情。
神怡心旷品茗去，悠然自得怀云亭。
满座闲客聊今古，如织游人多慕名。
天青云白桥一线，的啦过去万象新。

附 2 诗二首

——和唐岚《丫山诗》

方留淇

（一）

的啦桥的梦

和的啦桥一样
跟随志愿者前行
从人生此端到彼端
多一念私心何益
多一丝杂想何用
全都抛在身后
全都留在世间
我愿意跟随
这群蓝色的精灵
共享这山水般的人生

和的啦桥一样
前行者在带路
远方是湛蓝的天
还有一块的啦石
它是人生的启示石
一切都会过去的啦
让我静静沉思

让一切回归平静
像流水一样涓细
像梦一样自由

（二）

风起风落兰花谷，水流水漫幽石间。
舒云茶亭细品茗，悟出人生平常心。

（于伦敦的清晨）

和韩磊、梓林《丫山夜色》

（2016年10月20日）

谢幕尽散仙女花，赢得漫天遍彩霞。
风雨过后分外娇，山静岚出是我家。

附1　丫山夜色

韩磊　大余001志愿者

月映孤影对成双，雾锁楼门几重墙。
狂风歇处山幽静，众人皆醒我独忙。

附2　和韩磊《丫山夜色》

梓林　北京001志愿者

日落西斜尽洒晖，金盘深处几旋回。
叠层漫漫飞逐浪，天红似火山色归。

丫山红果

（2016 年 11 月 10 日）

秋天的生命
何等庄严
摆出不惧风寒的姿态
尽显深沉的面容
一洗春的稚嫩
告别夏的奔放

秋天的生命
如此艳丽
奉献甘甜鲜美的硕果
流露成熟的芬芳
让红透着明亮
让黄绽放金光

秋天的生命
转瞬轮回
告别勃勃生机的冲动
换上雍容的红妆
雨在滋润梦想
夜在期盼星光

秋天的生命
敛而淡定
喜迎漫天素裹的渐冻
坦然地张开怀抱
接受爱的能量
再次踏上旅途

夕梦缘[①]·追梦芹洋

（2017 年 2 月 15 日于深圳至福安动车上）

车轨长，飞轮急，南行福安千里。越层林，穿山谷，春光洒一路。

江流浅，城镇疏，文化入村何处？双龙漈，十九潭，美名天下知。

①“夕梦缘”是作者自创的词牌名。

附 和《夕梦缘·追梦芹洋》

韩磊 大余 001 志愿者

望芹洋，追梦去，过尽重山逶迤。秉初心，护红烛，天蓝云影稀。

花相伴，桫椤依，此路漫漫何去？宋井水，林公堂，千载逢佳期。

蝶恋花·庐林深处

（2017年5月28日）

2013年6月19—20日，北大公益讲座三阶“幸福是想出来的吗”第01期，在庐山举办；2013年10月22—24日，三阶第04期再次在庐山举行；2014年10月24—27日，三阶第08期又一次来到庐山；2017年6月15—19日，三阶第17期即将第三次登上庐山。

端午前夕，提前上山落实课程筹备事宜。5月28日清晨，在“白云深处”山谷散步，景致优美，望景生情，是日晚，偶得《蝶恋花·庐林深处》。是为记。

晓来茫野绿深谷，万千蝶飞，裹曜衣旋舞。鸟鸣水潺声声近，花香壁悬竟相驻。

闹市山间两不误，斗转星移，暝色指间度。但念群蝶归何处？庄生晓梦已托付。

清平乐·庐山半日游

（2017年5月29日）

2017年5月29日上午，乘兴游览了庐山的著名景点：花径、断桥、锦绣谷、迎客松、仙人洞、好运石、纵览云飞、如琴湖……三上圣山匡庐，岁月时光如梭，美好山河依然，感慨喜悦良多。填词一首，是以留念。

花径断桥，锦绣迎客松。仙人洞中一笑，连绵好运相交。

纵览四海云飞，横看路转千回。岁月如琴如梦，春秋无怨无悔。

满庭芳·一别深圳

（2017 年 6 月 4 日）

2016 年 6 月 19 日，北京大学公益讲座丫山国际志愿者村正式揭牌，更加坚定了我辞别深圳，定居丫山的决心。8 月，毅然决然告别了车水马龙的鹏城，驻进了丫山。

转眼九个月过去了，这段日子在庐山休假，回顾五年多公益行的收获，以及对人文圣山的感悟，遂调出去年填写的《楚湘风·一别深圳》，感觉意犹未尽，便以“满庭芳”词牌重新填写，以记欣喜之情。

昨夜小楼，风声雨声，飞鸽意相留。忆十五载，往事漫心头。依稀梦渐天晓，落花处，岁月筹稠。纵飘逸，一骑绝尘，居山中观流。

春潮夏雨时，云中漫步，情致悠悠。踏十里栈道，双峰奇秀。雾里岚苑渺渺，竹海翩，摇曳自由。惊回首，道源卧龙，仙境此处优。

后　记

最后看一眼书稿，就像将军在出征前检阅士兵一样。不，这样说，太男性化了！还是说：就像母亲给女儿打扮好了，送她出嫁，从此是“泼出去的水”了。写作，从来就是这样，文章一旦发表了，就具有了社会属性，不再由作者说了算。既然是“人家的人”了，为什么还要悉心打扮呢？因为文责自负，说到底还是自己的“女儿”。

两年后，可以出版第二本文集，虽然没有两年前那么激动，但也还是很有成就感的。毕竟这两年来，写作只是打兔子搂草——顺带的。这就是北大公益讲座最让我心仪的地方——三文主义——文以载道、美文传道、以文修身。生活、工作、兴趣、灵感……在这个道场里浑然一体，互为成全。“问渠哪得清如许，为有源头活水来”，这是对我在跟随北大公益讲座后，常常文思喷涌、笔耕不辍的最好诠释和真实写照。

两年来，在公众平台上留下的文字，应该是数倍于这本书的。用了两个多月的时间，反复筛选，最后决定留下这些文字，交付出版，是做过认真考虑的：大家都很忙，读书已经成为生活中的奢侈品，所以，我的书不能占用读者太多的时间。于是删了又删，减了再减，是为了让这本书薄下来，不要让人拿起时，害怕读不完。毕竟，写作与出版还是有区别的，前者是自己想怎么写就怎么写，后者是人家想看什么，就出版什么。前者侧重于自我意识，后者要照顾受众的喜好。而现在留下的这些文字，是把两者都“圆融”了。这样，既不失自我，又讨好读者。此法能不能如愿，或许只有天知道。

感谢当代中国出版社对这套丛书的大力支持，以及对我的关爱。

感谢父母从小对我文学爱好的支持和鼓励，感谢他们对我选择自己想要的生活的理解和赞许。

感谢所有志愿者的做到，让我有了记录的素材和启发思考的源头活水。尤其要感谢为这本书写序的三位学长，他们在百忙之中，用心写下的序言，为这本书增色不少。都说写文章要“凤头，猪肚，豹尾”，有“凤头”在前，后记必须打住了！

是为“画蛇添足”的后记。

唐岚

2017 年 8 月 8 日

丫山国际志愿者村道源书院